깨침의 순간

영원한 찰나, 75분의 1초

깨침의 순간

영원한 찰나, 75분의 1초

박영규 지음

열림원

깨짐의 기억을 되살리며

    깨침의 순간은 찰나, 즉 75분의 1초에 불과하다. 그야말로 번개가 치듯 깨달음의 순간은 우리의 뇌리를 스치고 지나간다. 하지만 그 찰나의 깨침이 사람을 바꿔놓고 우주를 다르게 보게 만든다. 아니, 전혀 다른 우주를 만들어낸다.

    깨침의 본질은 모두 하나다. 하지만 깨침의 길은 수만 가지다. 깨침의 소리도 수만 가지다. 깨침의 언어도 수만 가지다. 그 수만 가지의 길과 소리와 언어는 수만의 붓다를 탄생시켰다. 이 책은 그들 붓다들의 길과 소리와 언어에 대한 글이다. 같은 붓다이면서 각자의 이름과 육체로 다르게 살다가 같은 붓다로 돌아간 이들의 이야기다.

    선禪, 마음에 번뇌를 끊고 무아의 경지로 들어가는 것. 그래서 붓다, 곧 깨침을 얻은 자가 되는 것. 그렇게 영원한 자유인으로 되는 것. 그 자유인들의 깨침에 관한 이야기, 그것이 곧 선담禪談이다.

인도의 승려로 살다 부처로 사는 법을 전하기 위해 중국으로 온 달마, 그로부터 도를 얻기 위해 한쪽 팔을 잘라버린 혜가, 그러나 잘려나간 팔로 부처를 얻을 수 없다는 것을 알게 된 찰나의 순간에 찾아온 깨침! 산은 산이고 물은 물이라고 지당하신 말씀을 던져놓고 간 성철.

붓다는 밖에 있는 것이 아니라 내 안에 있다. 남의 붓다는 똥막대기다. 옛 붓다는 갔다. 만인에게 붓다가 있고 만인에게 붓다의 길이 있다. 그 만인이 모두 붓다라고 해도 나의 붓다를 모르면 붓다는 없다.

붓다는 번개처럼 찾아온다. 단 한 순간도 내 속에 머물지 않은 적이 없었고, 단 한 순간도 내 바깥에 머물지 않은 적이 없었지만 깨침의 찰나가 없다면 붓다는 영원히 내게는 없다. 내 주변에도 없다.

깨침은 깨지는 것으로부터 시작된다. 나를 깨뜨리지 않으면 참다운 나를 볼 수 없다. 지식과 형식과 습관과 욕심을 깨뜨리지 않으면 참다운 나를 볼 수 없다. 그래서 깨친 자는 먼저 깨진 자여야 한다. 붓다의 길, 그 첫걸음은 바로 나를 깨는 것이다. 하지만 깨지기만 한다고 깨치는 것은 아니다. 깨짐은 깨침의 시작일 뿐 전부는 아니다. 길을 나서기만 한다고 목적지에 도달할 수 있는 것이 아닌 것처럼 나를 깨뜨렸다고 깨침에 이른 것은 아니다.

　스승이 제자에게 좌선은 왜 하냐고 묻는다.
　제자는 왜 당연한 질문을 하느냐는 말투로 부처가 되려고 한다고 말한다.
　그러자 스승이 좌선하는 제자 옆에서 벽돌을 갈기 시작한다.
　제자가 왜 벽돌을 가느냐고 묻자, 스승은 거울을 만드는 중이란다.
　벽돌을 간다고 거울이 됩니까?
　좌선만 한다고 부처가 되느냐?

　깨짐과 깨침의 관계는 이런 것이다.

　갓 서른의 나이에 필자는 이런 이야기들을 엮어 책에 담았다. 그리고 나의 첫 책으로 세상에 내밀었다. 20년이 훌쩍 흘러 다시 이 책을 세상에 내민다. 갓 서른 시절의 깨짐으로 돌아가길 염원하면서.

2017년 8월, 일산 우거에서 박영규

차례

그는 나를 닮지 않고
나는 그를 닮지 않았네

희천 · 약산 · 천연 · 도오

네 안에서 찾으라

마조 · 백장 · 남전 · 대주 · 혜장

마음에 갇히지 말라

조주

지금 그대는
어디에 있는가

겨울은 겨울처럼 살고,
여름은 여름처럼 살라

좁쌀이 어찌
우주보다 작으랴

부처의 눈에는
부처만 보인다

혜공 · 범일 · 지눌 · 나옹 · 무학

우리의 삶 자체가
참선이다

경허 · 만공 · 혜월 · 경봉 · 성철

마음은
어디에
있는가

달마 · 혜가

먼저 네 마음을 부숴라

석가의 법을 이은 인도 승려 한 사람이 중국에 왔다는 소식을 듣고 위나라 황제가 그를 초청했다. 위 황제는 석가의 직계 제자를 직접 만날 수 있다는 기대감에 부풀어 손수 나루터까지 그를 마중나와 있었는데, 막상 그를 대면하자 적이 실망이 앞섰다.

위 황제는 석가의 직계 제자라는 그 인도 승려가 인물이 출중하고 만면에 덕이 충만한 그런 인물일 것이라고 상상하고 있었지만 자신 앞에 나타난 그의 몰골은 완전히 딴판이었다. 그는 칠 척 장신인 데다가 체구가 집채만 했으며, 얼굴은 온통 수염으로 뒤덮여 간신히 눈만 드러내놓고 있었다. 게다가 몸에는 금방이라도 바람에 날려갈 듯한 남루한 누더기가 걸쳐져 있었으며, 괴이하게도 한쪽 신을 벗어 머리 위에 올려놓고 주먹만큼 커다란 눈으로 자신을 내려다보았다.

위 황제가 그를 보며 실망의 눈빛을 감추지 못하고 있을 때 그가 대뜸 이렇게 말했다.

"눈치를 살피지 마십시오. 묻고 싶은 것이 있거든 아무 거리낌 없이 물어보십시오. 나는 이미 당신의 머릿속에 있습니다."

이 말에 위 황제는 순간적으로 위압감을 느꼈다. 마치 금방이라도 그가 자신의 머리통을 후려칠 것만 같은 두려움이 솟구쳤던 것이다.

"당신은 왜 발에 신고 다녀야 할 신발을 머리에 이고 다닙니까?"

위 황제는 속에 일고 있던 의문을 기계적으로 뱉어냈다.

"사물을 제대로 파악하라는 뜻입니다."

'사물을 제대로 파악케 하기 위해 신발을 머리 위에 올려놓는다?'

위 황제는 스스로 그렇게 되묻었지만 그의 기이한 행동을 이해할 수 없었다. 그리고 그가 자신을 농락하고 있는 것 같아 은근히 부아가 치밀었다. 그렇지만 자신의 그런 내면을 애써 감추며 말을 가다듬었다.

"사물을 제대로 파악하려면 당신처럼 그렇게 신발을 머리에 이고 다녀야 한다는 말입니까?"

위 황제가 이렇게 묻자 그 인도 승려는 커다란 눈을 껌벅이며 빙긋이 웃었다. 그리고 아주 부드러운 음성으로 속삭이듯이 설파하기 시작했다.

"나는 불합리한 사람입니다. 그리고 내가 이처럼 머리에 신발을 이고 있는 것은 내가 비논리적인 인간임을 황제께 가르쳐주기 위함이었습니다. 이는 곧 황제의 경직된 마음을 깨뜨리기 위한 것이지요. 자신의 마음을 깨뜨리지 않고는 아무도 자신이 누구인지 알 수 없기 때문입니다. 당신은 나를 보자마자 그것을 깨달아야 했습니다. 그런 다음에 비로소 나를 받아들일 것인지, 아니면 내쫓을 것인지를 결정해야 하는 것입니다."

그 인도 승려는 그렇게 잘라 말하고는 돌아서 가버렸다. 그는 상대방에게 전혀 여유를 주지 않았다. 그 때문에 위 황제는 당황하여 멍하니 그의 뒷모습을 바라보고 있다가 마침내 그가 시야에서 완전히 사라졌을 때에야 비로소 퍼뜩 정신을 차렸다. 그리고 큰 소리로 그를 향해 외쳤다.

"당신은 어디로 가는 겁니까!"

그러나 아무 대답도 들려오지 않았다. 다만 무심한 메아리만 계속해서 자신을 향해 질문을 반복하고 있었다. '당신은 어디로 가는 겁니까?'

위 황제를 말 한마디로 눌러놓고 초연히 광야로 사라진 그 사람. 그가 바로 석가의 법맥을 이은 28대 존자 보리달마菩提達磨다. 그는 위 황제를 만나는 순간 이미 행동으로 할 말을 다했지만 위 황제는 그의 화두를 알아듣지 못했다. 발에 신고 다니는 신발을 머리에 이고 있는 달마의 모습을 보고 위 황제는 곧장 그 의미를 알아차렸어야 했다. 달마는 바로 그런 제자를 찾고 있었던 것이다.

'마음을 부숴버리지 않으면 자신을 보지 못한다.'

달마의 첫 번째 가르침이었다. 그 가르침을 위해 보인 엉뚱한 행동, 그것은 곧 달마의 그물이다. 그 그물엔 아무 고기나 잡히는 것이 아니다. 그물의 뜻을 알고 스스로 찾아든 고기, 이것이 달마가 잡을 고기의 이름이다.

이 고기를 잡기 위해 달마는 숭산의 토굴 속에 자신을 앉혀놓고 다시 그물을 치고 있었다. 무려 9년 동안이나 말이다.

그 마음을 가져와봐라

달마는 위 황제를 만난 후 제자를 찾아다니는 것을 포기하고 숭산으로 들어가버렸다. 그리고 그곳에서 벽을 쳐다보며 수행을 하고 있었다. 그의 면벽 수행이 거듭될수록 이 사실은 중국 전역에 알려졌고, 많은 수행자들이 그를 찾아와 가르침을 얻고자 했다. 하지만 달마는 어느 누구의 물음에도 고개조차 돌리지 않았다.

그러던 어느 날이었다. 숭산엔 폭설이 쏟아졌고, 달마의 토굴에도 눈보라가 몰아치고 있었다. 하지만 그는 개의치 않았다. 그에게

있어서 추위는 단지 더위를 예고하는 자연의 징후에 불과했고, 바람은 고요의 또 다른 모습일 뿐 그 이상의 의미는 없었기 때문이다.

하지만 달마는 한순간 묘한 긴장감에 사로잡혀야 했다. 9년 동안 면벽을 하면서 단 한 번도 그런 느낌을 가진 적은 없었다. 누군가가 토굴 속으로 들어와 있는 것만은 분명한데, 등 뒤에서는 아무 소리도 들리지 않았다. 그리고 토굴 속엔 한동안 무거운 침묵만 계속되었다. 그 혹한의 눈보라를 무릅쓰고 산중으로 찾아들었다는 것은 죽음을 각오하고 자신을 찾아왔다는 의미였다. 하지만 그는 아무 말도 않고 그저 자신의 등 뒤에 서 있기만 하였다.

달마는 시간이 지날수록 서서히 흥분되고 있었다. 그리고 지금까지 자신을 흥분시켰던 사람이 아무도 없었다는 사실을 깨닫는 순간 입을 열었다.

"그대는 등 뒤에 서서 무엇을 구하고 있는가?"

마침내 침묵은 깨졌다. 달마는 자신이 먼저 침묵의 끈을 잘랐다는 사실에 스스로 놀라고 있었다. 그의 마음이 상대의 침묵으로 인해 움직인 것이다. 참으로 얼마 만에 내뱉은 말인지 그 자신도 헤아리지 못했다.

"정법을 가르쳐주십시오."

상대의 음성은 애절했다. 마치 배고픈 거지가 밥을 구하고 있는 듯한 느낌이었다. 그 때문에 달마는 약간 실망스러웠다. 그리고 순간적으로 침묵을 깬 것을 후회했다. 하지만 이미 엎질러진 물이었다.

"그따위 나약한 정신으로 어떻게 정법을 얻겠다는 것인가?"

달마는 냉담했다.

그 말이 채 끝나기도 전에 등 뒤에서 짧막하면서도 절제된 신음소리가 들렸다. 그리고 동시에 토굴 속은 온통 피비린내에 휩싸였다. 달마는 반사적으로 고개를 돌렸다. 꼭 9년 만에 처음으로 뒤를 돌아다보았던 것이다.

한 사나이가 달마의 시야에 들어왔다. 그의 팔에선 선혈이 뚝뚝 떨어지고 있었다. 그리고 핏덩어리가 된 그의 팔 한쪽이 눈밭에 나뒹굴고 있었다.

"제 마음이 불안으로 가득 차 있습니다. 스님, 이 불안을 어떻게 하면 좋겠습니까?"

사나이는 고통을 참아내며 가까스로 말을 이었다. 그리고 애원하는 눈초리로 달마를 쳐다보고 있었다.

'이놈 봐라.'

달마는 자신이 면벽 수행을 중단한 것도 잊고 그의 물음에 응수했다.

"그래? 그렇다면 어디 그 마음을 가져와봐라. 내가 편하게 해주마."

달마는 여전히 냉정한 태도로 말했다. 이 말에 사나이는 당황한 기색을 감추지 못하고 더듬거리며 대답했다.

"마음을 찾을 수가 있어야지요."

"그러면 됐다. 이제 마음이 편안하냐?"

달마가 빙그레 웃었다. 그때서야 사나이는 달마의 가르침을 알아듣고 넙죽 절을 하였다.

달마는 그를 제자로 받아들이고 혜가慧可, 즉 지혜의 교감이 가능하다는 뜻의 이름을 지어주었다.

❖

자신의 팔 한쪽을 잘라내고 달마의 가르침을 얻은 사람, 그리고 팔을 잘라낸 그의 행동을 기꺼워하며 제자로 받아들인 달마. 이들의 행동에서 깨달음이 얼마나 냉혹한 고통과 인내를 요구하는지 알 수 있다. 그러나 깨달음은 단지 고통과 인내만으로는 얻을 수 없는 것이다. 그것보다 더 중요한 것은 깨달음을 수용할 수 있는 지혜다. 달마는 바로 그에게 이 지혜를 시험하고 있었던 것이다.

팔 한쪽을 내놓고 달마의 제자가 된 그는 신광이라는 학승이었다. 그는 온갖 분야의 서적을 두루 섭렵했으나 도저히 머리가 맑아지는 것을 체험하지 못했고, 그래서 마지막으로 달마를 찾아온 터였다. 그리고 만약 달마에게서조차 마음의 평정을 얻지 못한다면 그는 필시 목숨을 끊었을 것이다.

달마는 바로 목숨과 깨달음을 맞바꿀 수 있는 정신력을 가진 사람을 찾고 있었다. 그리고 그 사람을 찾았을 때 달마는 비로소 면벽 수행을 끝내고 웃을 수 있었다.

그러면 도대체 신광은 달마의 말에서 무엇을 깨달았을까?

'불안한 마음을 내게 가져와봐라.'

달마의 이 말이 신광이 잘라낸 한쪽 팔에 대한 유일한 보상이었다.

'마음을 가져오라.'

하지만 신광의 말대로 마음은 찾을 수 없는 것이 아닌가. 그렇다면 찾을 수 없는 마음이 어떻게 불안하다는 것을 알 수 있겠는가?

그렇다. 마음이 불안하다는 것은 단지 마음이 불안하다고 생각하고 있는 것일 뿐이다. 원래의 마음은 그저 아무것도 없이 비어 있으나 우리의 생각이 불안을 만들어 그 속을 불안으로 가득 메우는 것이다.

'이제 마음이 편안하냐?'

달마가 고기를 잡았으니.

얻은 것들을 내놔라

죽음이 임박해오고 있음을 깨달은 달마가 제자들을 모두 불러놓고 마지막 가르침을 주었다.

"너희와 인연을 맺은 지도 제법 됐으니 이제 새로운 인연을 따라 떠나야 할 때가 된 것 같구나. 그러니 너희는 내게 와서 그동안

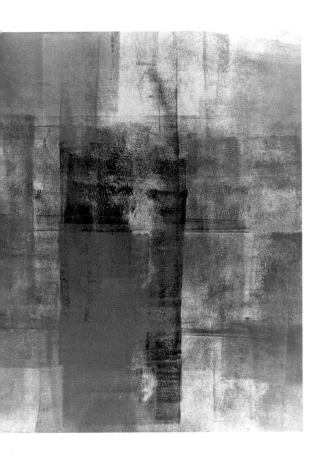

얻은 것들을 한번 내놔봐라."

달마의 얼굴은 평소와 다름없이 무덤덤했다. 제자들은 그 같은 표정으로 일관하는 스승을 대할 때마다 항상 거대한 산과 마주앉은 듯한 느낌에 사로잡히곤 하였다. 그런데 갑자기 그 스승이 자신들 곁을 떠나겠다며 그간 배운 것들을 풀어내보라고 요구하고 있다. 제자들은 이것이 그의 마지막 시험임을 간파하고 있었다. 그리고 이 마지막 시험을 통해 그의 후계자가 결정되리라는 것도 알고 있었다.

"문자에 집착하지 않아야 합니다."

먼저 도부道副라는 제자가 대답했다.

그러자 달마는 고개를 가볍게 끄덕이며 "껍데기는 되겠구먼" 하면서 다른 제자들을 둘러보았다.

"아촉불阿閦佛, 동방에 있는 부처을 한 번만 보고 다시는 보지 않아야 됩니다."

이번에는 총지라는 여제자가 나섰다. 달마는 그 대답에도 고개를 끄덕이며 "그래, 살갗은 건드린 셈이야" 하고 말했다.

"몸을 이루는 4대 요소흔히 물, 불, 흙, 바람을 일컫는다는 본래 텅 비어 있는 것이므로 감각기관도 의식도 아무것도 아닙니다. 그래서 제가 알았다는 것조차 아무것도 아닌 것입니다."

세 번째는 도육道育이라는 제자였다. 도육의 말을 듣고 달마는 "뼈대만 있고 살이 없어" 하면서 혜가를 쳐다보았다. 이미 대답한

세 제자는 혜가의 대답을 가슴 조이며 기다렸다. 어떤 대답이 나오는가에 따라 수제자가 결정된다고 생각했기 때문이다.

하지만 혜가는 아무런 대답도 하지 않고 묵묵히 일어나더니 조심스럽게 달마 앞으로 다가가 절을 하였다. 그리고 제자리에 잠자코 서 있었다. 그때서야 달마는 큰 소리로 웃었다. 그리고 자신의 골수를 얻을 자격이 있다고 말하면서 혜가에게 자기가 걸쳤던 옷을 벗어주었다. 정법을 맡긴다는 징표였다.

❖

'내게서 얻은 것들을 내놔봐라.'

지금 당신의 스승이 당신에게 이렇게 요구한다면 당신은 어떤 행동을 취할 것인가? 달마가 혜가에게 정법을 맡긴 이유를 생각하기 전에 우리는 먼저 자신에게 이 물음부터 던져보아야 할 것이다.

깨달음은 말이 아니요, 다른 이의 깨달음을 말로 반복하는 것 역시 깨달음이 아니다. 진정한 깨달음은 자기 속에 내재되어 있어야 한다. 그것은 또한 자신만의 표현과 행동으로 승화될 때 자기 것이 된다. 자신으로 육화된 깨달음, 그것만이 진정한 깨달음이다. 달마는 그 경지를 요구하고 있었다.

'얻은 것을 이제 다시 내놔봐라.'

마음의 바위

한 제자가 혜가를 찾아와 무릎을 꿇었다. 표정이 자못 심각했다.

"무엇을 원하느냐?"

혜가는 자상한 음성으로 그에게 물었다.

"스님, 저의 머릿속에 번뇌가 가득합니다. 그 때문에 매일같이 밤잠을 이루지 못합니다. 어떻게 하면 좋겠습니까?"

"번뇌라?"

혜가는 혼잣말로 이렇게 되물었다. 그리고 자신 앞에 무릎을 꿇고 있는 제자의 모습에서 지난날 달마를 찾아가 불안을 없애달라고 애원하던 자신의 모습을 떠올렸다.

'이젠 내 차례로구나. 세월이 무섭긴 무섭구먼.'

혜가는 젊은 제자를 보면서 은근히 부러운 생각이 들었다. 깨달음을 갈구하고, 또 그로 인해 고통 받고, 그리고 어느 날 불현듯 깨닫게 된 세계의 본질 앞에서 기쁨보다는 삶의 무상함을 먼저 느껴야 했던 지난날이 한순간에 스쳐 지나갔다.

"그래 내가 어떻게 하면 되겠는고?"

혜가는 고개를 앞으로 쭉 내밀며 그에게 되물었다.

"번뇌를 끊는 법을 설하여 주십시오."

"번뇌가 있는 곳을 내게 가르쳐주면 끊어주지."

혜가는 빙그레 웃으며 제자를 쳐다보았다. 제자는 난감한 표정을 짓고 있었다.

"저도 어디에 있는지 모르겠습니다."

"자네도 모르는 걸 내가 어떻게 끊을 수 있겠는가?"

혜가의 얼굴에 미묘한 웃음이 흘렀다. 이쯤 되면 알아들어야 하지 않겠느냐는 뜻이었다. 하지만 제자는 전혀 알아듣지 못한 얼굴이었다. 그는 그저 머리를 갸웃거리며 더욱 혼란스러운 표정을 지었다.

혜가는 그 모습을 바라보면서 슬쩍 자신의 한쪽 팔을 쳐다보았다. 팔 한쪽을 내주고 얻은 깨달음이었다. 하지만 자기 앞에 앉은 제자는 너무 쉽게 그것을 구걸하고 있었다.

'하긴 이 녀석이 내 팔을 대신할 순 없을 테니까.'

혜가는 나직이 한숨을 쏟아놓았다.

"그렇다면 번뇌란 원래 없는 것입니까?"

한참 만에 제자는 따지는 듯한 말투로 이렇게 물었다.

혜가는 그저 고개만 끄덕거렸다.

"그래도 경전에 이르기를 모든 번뇌를 끊고 선을 행해야 부처가 될 수 있다고 하지 않았습니까?"

"그러면 번뇌는 어디에 있고, 선은 어디에 있느냐?"

혜가가 되물었다.

"모르겠습니다. 하지만 제가 모른다고 해서 그것이 없다고 단정할 순 없지 않습니까?"

그의 물음이 여기에 이르자 혜가는 잠시 소리를 내어 웃더니 한 가지 비유를 들었다.

"법당 뒤에 큰 너럭바위가 하나 있는데, 자네는 그 위에 눕기도 하고 앉기도 하겠지?"

"예."

"그런데 어느 날 갑자기 그 바위 위에 불상을 새겨놓으면 자네는 그것이 부처님인 줄 알고 감히 그 위에 눕거나 앉지 못하겠지?"

"예."

"그렇다면 그 바위가 부처가 된 거냐?"

"아닙니다."

"그런데 자네는 왜 이전처럼 그 위에 마음 편히 눕지 못하느냐?"

제자는 혜가의 이 말에 비로소 깨우쳤다.

❖

제자는 무엇을 깨우쳤는가?

깨달음은 순간에 온다. 그러나 깨달음을 머리로 아는 자는 깨닫지 못한 것이다. 번뇌는 바로 머리로만 깨닫는 과정에서 생기는 고통일 뿐 그 이상도 이하도 아니다.

제자의 고통은 어디서 왔는가? 문자에 집착했기 때문일까, 아니면 자기 자신에 집착했기 때문일까. 문제는 언제나 내부에 있다.

그리고 그것을 푸는 열쇠 역시 내부에 있다. 다만 자신 속에 열쇠가 있다는 것을 알지 못하는 데에서 고통이 생겨난다.

번뇌는 마음속에 있는 무거운 바위다. 이 바위를 꺼내는 방법은 무엇이겠는가? 바위를 깨뜨리면 되겠는가? 그렇다면 깨어진 바위는 바위가 아닌가? 바위를 깨뜨린다고 바위가 없어지는 것은 아니다. 그렇다면 이 바위를 당신의 마음속에서 꺼내는 방법은 무엇이겠는가?

열쇠는 당신의 내부에 있다.

죄를 보여다오

혜가의 가르침이 뛰어나다는 소식을 듣고 그를 찾아오는 사람의 수가 점차 늘어나고 있을 때였다. 한 중풍병자가 느닷없이 방문을 밀고 들어와 다짜고짜 무릎을 꿇었다.

"스님, 제 죄를 좀 없애주십시오."

"자네 죄를 없애달라고?"

"네, 스님."

중풍병자의 목소리는 절박했다.

"저는 벌써 십수 년째 중풍을 앓고 있는데, 이것이 모두 전생에 지은 죄가 많아서 생긴 일이라고 생각됩니다. 그러니 스님, 제발 저의 죄를 없애주십시오."

"그러면 내게 자네 죄를 보여주게. 그러면 죄를 없애주지."

이 말에 중풍병자는 한참 동안 생각에 잠겨 있더니 말했다.

"찾을 수가 없어 보여드릴 수가 없습니다."

"그래? 그러면 없어졌나보군. 이젠 됐나?"

이 말에 중풍병자는 퍼뜩 깨우쳤다.

❖

죄란 무엇인가? 그리고 죄책감이란 무엇인가? 또 우리는 언제 죄를 느끼게 되는가?

다시 바위 이야기를 해보자. 마음의 바위를 깨뜨리려면 어떻게 해야 하는가?

마음속에 바위가 있다는 설정이 문제였다. 이 설정을 없애보자. 그래도 마음속에 바위가 남아 있는가?

집이 없는 곳에 지붕이 있을 수 있겠는가. 논이 없는 곳에 벼가 자라겠는가.

보리달마菩提達磨에 관한 이야기는 도선道宣. 596~667의《속고승전續高僧傳》16권 습선편習禪編의 〈보리달마전〉에 전해지고 있다. 도선은 이 책을 편찬할 때 양현지楊衒之의《낙양가람기洛陽伽藍記》547년와 달마의 설법집인《이입사행론二入四行論》에 대한 달마의 제자 담림曇琳의 서문을 참조했다고 밝히고 있다.

이 책에 따르면 달마는 남인도 바라문브라만 가문의 왕자로 태어나 반야다라로부터 석가의 법맥을 이었으며, 중국 남북조시대에 해외 포교를 위해 남중국에 도착하여 숭산 소림사에서 9년간 면벽 수행한 후 제자 혜가에게 법을 전수한 것으로 되어 있다. 그가 남중국에 도착한 시기에 대해서는 몇 가지 설이 제시되고 있는데 대체로 520년설이 유력한 것으로 알려져 있으며, 그 외에도 486년설, 526년설, 527년설 등이 있다.

달마는 진리를 자각하는 실천법으로 벽관壁觀, 벽을 향해 좌선하는 것이라는 독자적 방법을 택했다. 하지만 이 실천법은 달마가 제자를 받아들이기 위한 방편이었을 뿐 궁극적인 가르침은 아니었던 것으로 파악된다. 달마는 여러 명의 제자를 두었는데, 이들에게 강론을 통해 '선禪'을 가르친 흔적이 남아 있기 때문이다.

달마의 제자들에 관한 기록 중에《역대법보기歷代法寶記》774년에 따르면 혜가慧可, 도육道育, 비구니 총지尼總持가 각각 달마의 법을 이었다고 전하고 있으며,《보림전寶林傳》801년에서는 도부道副, 편두부偏頭副로 기록되기도 했다를 포함시켜 네 명이라고 주장하고 있다. 하지만 담림의《이입사

행론》에서는 혜가와 도육 두 사람의 이름만 전하고 있는 것으로 봐서 이들 두 사람이 가장 확실한 득법자임을 알 수 있다.

하지만 달마의 구체적인 삶에 대한 기록은 거의 전무하다. 그의 최후에 대한 정확한 기록도 없다. 다만 도선이 《속고승전》의 〈혜가전〉에서 달마가 낙빈洛濱에서 입적하였고, 혜가가 그 유해를 강변에 묻었다는 기록을 남기고 있을 뿐이다. 따라서 달마에 관한 기록들을 종합해보건대 그는 낙양의 영녕사榮寧寺가 완성된 516년부터 혜가가 업도業道로 향한 534년 이전에 입적한 것으로 간주할 수 있다.

그런데 《보림전》의 〈전법보기傳法寶紀〉에서는 송운宋雲이 파미르 고원에서 서천西天으로 돌아가는 달마와 마주쳤다는 이야기를 전하고 있고, 다른 기록에선 그의 죽음을 후위後魏의 대화 19년536년 12월 8일로 정하고 소명昭明 태자가 제문을 짓고 양무제梁武帝가 비문을 지었다는 이야기도 있다. 하지만 이 기록은 9세기 초 선종 계통의 불교인들이 꾸민 흔적이 많아 역사적인 사실로 인정하기는 힘들다.

혜가

혜가慧可의 성은 희姬씨이고 속명은 신광神光이다. 그의 어머니가 방 안에 이상한 빛이 가득 찬 꿈을 꾸고 아이를 갖게 되어 이런 이름을 붙였다 한다.

그는 어릴 때부터 경전 읽기를 좋아해 유학, 도학 등에 심취했다. 하지만 성인이 되어서는 불교에 뜻을 두고 출가하여 향산사香山寺의 보정寶靜 선사로부터 계를 받았다. 그리고 나이가 마흔으로 접어들던 어느 날 달마에 대한 이야기를 듣고 그를 찾아가 법을 전수받고, 중국 선종의 제2대조가 된다.

그는 달마를 만나 6년간 수행하였고, 달마가 낙빈에서 죽었을 때 그의 유골을 강기슭에 묻었다고 한다.

달마가 죽은 뒤 그는 중국 전역을 떠돌며 달마의 법을 천했다. 이 과정에서 천민들과 어울려 살면서 머슴 일을 하기도 하고, 때론 동냥을 하기도 했다. 그리고 곧잘 광장에 사람들을 모아놓고 설법을 하였다. 그가 설법을 하면 사람이 구름떼처럼 모여들었다고 한다. 그리고 이 같은 민중들의 추종이 화근이 되어 그는 역모를 도모한다는 엉뚱한 누명을 쓰고 참형을 당해야 했다. 이때가 593년으로 그의 나이 107세 때의 일이다.

부처의
깨달음은
오로지
부처의 것

승찬·도신·홍인

부처님 마음

어린 사미승 하나가 슬그머니 승찬僧璨의 방으로 찾아와 겁도 없이 물었다.

"스님, 부처님 마음은 어떤 것입니까?"

이제 갓 열네 살 먹은 어린 녀석의 물음에 승찬은 저도 모르게 웃음을 쏟아냈다.

'요놈 봐라, 아직 이마에 피도 안 마른 녀석이…….'

승찬은 속으로 이렇게 뇌까리며 되물었다.

"네 마음은 어떤 거냐?"

사미승은 고개를 갸웃거리다가 선뜻 대답했다.

"모르겠는데요."

승찬이 껄껄 웃으며 다시 물었다.

"네 마음도 모르면서 부처님 마음은 알아서 뭘 하려고 그러느냐?"

사미승은 뭔가 알아들었다는 듯이 고개를 끄덕였다. 그러자 승찬이 또다시 물었다.

"무슨 뜻으로 고개를 끄덕이는 것이냐?"

사미승은 히죽 웃을 뿐 아무 대답도 하지 않았다. 그 바람에 승찬은 자기도 모르게 이렇게 말했다.

"어, 이놈 봐라!"

승찬이 껄껄 웃자, 사미승도 따라 웃었다.

❖

노스님의 처소에 겁도 없이 들어와 불심이 뭐냐고 물었던 당돌한 아이, 그는 도신道信이었다. 그는 분명 오랫동안 이 문제로 고민했을 것이다. 그리고 스스로에게 숱하게 물었을 것이다.

'불심이 뭐냐?'

하지만 이 물음에 대한 답은 좀처럼 얻을 수 없었다. 그 때문에 급기야 그는 노스님을 찾기로 결심했다. 노스님이라면 분명히 명확한 대답을 해줄 것이라고 생각했다.

그래서 무작정 승찬의 방으로 쳐들어갔다.

'스님, 불심이 뭡니까?'

이 당돌한 질문이 모든 격식을 대신했다. 승찬은 그저 그의 당돌함이 탐이 났던 것이다.

'네 마음도 모르면서 불심을 알아 뭘 하려고?'

승찬의 대답이었다. 어린 사미승 도신은 이 한마디에 크게 깨우쳤다.

무엇보다 중요한 것은 자신의 마음이다. 석가의 깨달음은 석가의 것이고 당신의 깨달음은 당신의 것이기 때문이다.

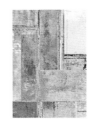

누가 널 붙잡더냐

어린 사미승은 그래도 할 말이 더 남았던지 좀처럼 물러갈 생각을 하지 않았다.

"아직 묻고 싶은 것이 더 남은 게냐?"

승찬이 궁금한 듯 물었다.

"예, 스님."

"그래 뭐냐?"

"해탈은 어떻게 하는 것입니까?"

'허, 이놈 보소.'

승찬은 배를 잡고 웃기 시작했다. 사미승은 노스님의 그 같은 행동을 이해할 수 없다는 듯이 눈을 씀벅이며 쳐다보고 있었다.

한참 만에 웃음을 그친 승찬은 잔잔한 음성으로 그에게 이렇게 말했다.

"이놈아, 누가 널 붙잡더냐?"

"아뇨."

사미승이 엉겁결에 대답했다.

"그렇다면 왜 해탈을 하려는 거냐?"

"……"

사미승은 한동안 아무 말도 하지 못했다. 그저 멍하니 앉아서 승찬의 얼굴만 바라보고 있을 뿐이었다.

"이젠 됐느냐?"

승찬이 물었다.

"예, 스님."

사미승은 큰절을 하고는 환한 얼굴로 되돌아갔다.

✤

깨침!

도대체 깨친다는 것이 무엇인가? 도신이 깨달은 것은 또 무엇인가?

해탈을 하려고 하는 것이 곧 해탈에서 멀어지는 지름길이다. 해탈은 자연의 법칙이지 결코 인위적인 것이 아니기 때문이다. 도신은 그것을 알고 돌아갔다.

깨침, 그것은 곧 깨지는 것이다. 스스로를 깨뜨리지 않는 깨침은 없다.

이 진리를 얻기 위해 열네 살 먹은 어린 사미승은 겁도 없이 노스님의 방으로 걸어 들어갔다. 그리고 승찬은 즐겁게 그를 받아들여, 제자로 삼고 법을 전수했다.

그대, 해탈을 꿈꿔본 적이 없는가? 그러나 지금 이 순간 그것이 개꿈임을 알아야 한다.

'누가 당신을 붙잡았다고?'

네 성이 뭐꼬?

도신이 길을 가다가 큰 나무 그늘 아래서 땀을 식히고 있었다. 그곳엔 이미 근동의 아이들이 왁자지껄 떠들며 놀고 있었는데, 도신은 별달리 눈 둘 곳도 없고 해서 무심코 아이들이 노는 모습에 한눈을 팔고 있었다. 그런데 아이들 무리 속에 유독 그의 시선을 잡아채는 얼굴이 있었다. 일곱 살 남짓 되어 보이는 한 아이의 천진난만한 얼굴에 언뜻언뜻 스쳐가는 묘한 기풍이 도신의 호기심을 자극하고 있었던 것이다.

"거참 요상타. 어떻게 어린아이의 얼굴에서 다 늙은 노인이 느껴지는지 모르겠군."

도신은 그런 말들을 혼자 중얼거리다가 자신도 모르게 슬그머니 그 아이 곁으로 다가갔다.

"애야, 네 성이 무엇이냐?"

도신이 아이 앞에 쪼그리고 앉아 그렇게 묻자 아이는 커다란 눈을 깜박이며 대답했다.

"성이 있긴 한데, 함부로 입에 올릴 수 없는 귀한 성입니다."

아이의 얼굴에 웃음이 흘렀다. 그 웃음은 마치 도신의 속을 훤히 들여다보고 있다는 뜻 같았다. 그 순간 도신은 섬뜩한 느낌이 들었다.

'이놈이 나와 말장난을 하자는데?'

도신은 아이에게 좀 더 바싹 다가앉으며 다시 물었다.

"그래, 그 귀한 성이 무엇이냐?"

"불성입니다."

아이는 얼굴에 웃음을 가득 물고 서슴없이 대답했다.

도신은 자신의 귀를 의심했다. 불성佛性이라? 어디서 그런 소리는 주워들었을꼬. 설마 그 뜻을 알고 하는 말은 아니겠지.

"성이 없다는 말이냐?"

도신이 확인하는 투로 또 물었다. 그런데 이번에는 전혀 뜻밖의 대답을 하였다.

"성이란 원래 공空한 것이죠."

아뿔싸! 도신은 머리를 한 대 얻어맞은 것 같았다. 자신은 성姓씨를 물었는데 아이는 사물의 본성을 말하고 있었던 것이다. 이 아이가 정녕 부처의 종자란 말인가?

"너는 그런 말을 누구에게서 들었느냐?"

도신은 믿을 수 없다는 생각으로 다시 한 번 확인을 하였다. 혹 어른들이 하는 소리를 듣고 앵무새처럼 내뱉은 것인지도 모르기 때문이다.

"저절로 아는 것이 불성이죠."

기가 막혔다. 도신은 아이의 손목을 붙잡았다. 그리고 다시 한 번 아이의 얼굴을 자세히 뜯어보았다. 과연 재목이 될 상이었다.

도신은 그 길로 아이의 집으로 내달았다. 출가 이후 그의 마음을 이렇듯 흥분시킨 일은 없었던 것이다.

"이 아이를 내게 맡겨보지 않겠습니까?"

도신은 아이의 부모를 보자마자 대뜸 이렇게 말했다.

그들의 얼굴이 붉게 달아올랐다. 얼굴도 모르는 늙은 중이 난데없이 들이닥쳐 귀한 아들을 달라고 했으니 당연한 일이었다.

"이런 미친놈의 중이 남의 집안을 망하게 하려고 작정을 했나!"

아이의 아버지는 붉게 상기된 얼굴로 고함을 지르며 도신을 밖으로 내몰았다. 쫓겨난 도신은 터벅터벅 다시 길을 갔다.

"인연이 있으면 찾아오겠지."

도신은 한숨을 길게 토해내며 자신을 위로하고 있었다. 그런데 그가 막 그 마을을 벗어나 산길로 접어드는 순간 한 아이가 느닷없이 그의 길을 가로막았다.

"너, 너로구나."

도신의 얼굴에 웃음꽃이 활짝 피었다.

"여기 숨어서 한참 동안 스님을 기다렸어요."

도신은 아이의 손목을 덥석 잡았다. 그리고 도망치듯이 걸음을 재촉하기 시작했다.

❖

일곱 살에 늙은 도신을 따라 출가한 아이는 홍인弘忍이었다. 도대체 그 어린 가슴 속에 무엇이 들어 있었기에 출가를 결심했을까? 그리고 도신은 그 어린아이의 얼굴에서 무엇을 보았을까?

인간이든 사물이든 모두 본성은 동일하다. 아이는 이 진리를 깨닫고 있었다. 도대체 무엇이 일곱 살 먹은 아이로 하여금 이 이치를 깨닫게 했을까? 하긴 자연의 본성은 어린아이와 같다고 했다. 그러나 어린아이는 스스로 자연과 너무 닮은 탓으로 그 이치를 알지 못하는 것이 아니겠는가.

'모든 것은 공空하다.'

일곱 살배기의 깨달음이다. 경이로운 일이다. 하지만 깨달음에

44

나이가 있을 수는 없는 일이다.

도신은 아이의 행동에서 그런 깨달음을 얻었을 것이다. 노승과 어린아이, 전혀 통할 것 같지 않으면서 일치되는 부분이 있다. 그렇다. 도신은 아이에게서 자신의 얼굴을 발견했던 것이다.

'모든 것은 공하다.'

하지만 우리에겐 이 말이 너무 어려울지 모른다. 왜냐하면 우리는 모두 구체적이고 논리적인 설명에만 길들어 있기 때문이다.

당신은 공이 무엇이라고 생각하는가? 그리고 또 공과 무無의 차이는 무엇이라고 보는가?

언젠가 내게 이런 질문을 한 사람이 있었다. 그때 나는 이렇게 대답해주었다.

'공은 경험된 무다.'

하지만 이 말 역시 너무 어렵다고 했다. 그래서 다른 비유를 덧붙였다.

당신에게 지금 바람 빠진 축구공이 하나 있다고 치자. 그리고 당신은 그 공으로 축구를 하려고 한다. 과연 가능한 일인가? 물론 가능하지 않은 일이다. 그렇다면 그 공으로 축구를 하기 위해서는 어떻게 해야 하는 것일까? 당연히 공에 바람을 넣으면 될 것이다.

무와 공은 바로 바람 빠진 축구공과 바람이 가득한 축구공의 관계와 같다고 할 수 있다. 즉, 바람이 빠진 공은 그 속이 비어 있지 않아 제 구실을 못하지만 바람이 가득한 공은 그 속이 크게 비어 있음으로 해서 오히려 제 구실을 할 수 있는 것이다. 물론 이 관계는 물리학적인 설명이 아니라는 전제 아래서만 가능하다. 말하자면 축구공과 바람의 관계를 관념적으로 이해해야 한다는 뜻이다.

'공은 자연에 의해 경험된 무다?'

어떤 일에든 섣부른 단정을 내리는 것은 위험하다. 따라서 이같은 허술한 단정 역시 위험한 일이 아닐 수 없다. 제발 잊어주기를 바라노니.

'네 성이 뭐꼬?'

노승과 나무꾼

도신이 죽은 다음 홍인이 황매산 동쪽 쌍봉에 동산사를 짓고 그곳에 머물게 되자, 그의 가르침을 받기 위해 많은 승려들이 모여들어 참선 수행에 열을 올렸다. 달마로부터 혜가를 거쳐 승찬에 이르기까지 수행하는 방법은 기껏해야 혼자서 참선을 하거나 법복 한 벌 걸치고 발우를 목줄 삼아 인연 따라 떠도는 것이 전부였지만 도신과 홍인 대에 이르면서 무리를 지어 집단적으로 참선 수행을 하는 기풍이 정착되고 있었다.

그렇게 20년이 흘러갔다. 그리고 홍인의 가르침을 구하고자 하는 사람들의 수도 날로 불어 700명을 웃돌게 되었다.

그러던 어느 날 홍인이 머물던 조사당 앞에서 웬 땔나무꾼 하나가 소란을 피우고 있었다.

"밖이 왜 이렇게 소란스러우냐?"

홍인이 시중을 들고 있던 제자에게 물었다.

"웬 땔나무꾼이 찾아와 스님 뵙기를 청하고 있습니다."

"그래? 그러면 가서 데려오너라."

홍인은 필시 곡절이 있을 것이라 생각하고 그 땔나무꾼을 데려오라고 하였다. 사실 700명이 넘는 문하생들이 버티고 있는데 외부인이 홍인을 개인적으로 만난다는 것은 쉽지 않은 일이었다. 더군다나 일개 나무꾼이 대조사를 알현하겠다고 생떼를 쓰니 제자들이 저지하는 것도 무리는 아니었다. 하지만 홍인은 격식보다도 만남이 중요하다고 생각하고 있었기에 그를 데려오라고 제자에게 이른 것이다.

제자가 땔나무꾼을 데려오자 홍인이 대뜸 물었다.

"어디 사는 누군고?"

"영남에서 온 땔나무꾼이온데, 노가라고 합니다."

"무엇 때문에 나를 보자고 했는고?"

"부처 되는 법을 알고 싶어서 찾아왔습니다."

이 말에 홍인이 큰 소리로 웃으며 말했다.

"미친놈, 너 같은 남쪽 오랑캐 녀석이 어떻게 부처가 될 수 있겠느냐?"

홍인은 그의 반응을 살폈다. 하지만 땔나무꾼은 기가 죽지 않았다. 오히려 자신을 가르치는 말투로 되받았다.

"사람이야 남북이 있겠지만 불성에 어찌 남북이 있겠습니까?"

'호. 이놈 봐라.'

오랜만에 재목감이 하나 굴러들어온 것이다. 그렇지만 속단하긴 일렀다.

"이놈아, 누가 널더러 말장난을 하라고 했더냐? 건방 떨지 말고 가서 나무나 베어라."

괜히 호기를 부리고 있는지도 모른다는 생각에 홍인은 다시 한 번 그를 시험하고 있었다. 하지만 그는 물러서지 않았다.

"지금 나무를 베고 있는데 또 무슨 나무를 베라고 하십니까?"

'옳거니. 제대로 찾아들었구나.'

홍인은 기뻤다. 하지만 내색하지는 않았다. 제자들의 눈이 너무 많아 시기심을 유발할 위험도 있었고, 아직 제대로 닦지도 못한 보물이 섣불리 빛을 발할까 염려되기도 했기 때문이다.

"이놈을 후원 방앗간에 데려가 죽도록 방아나 찧게 해라!"

홍인은 화난 듯이 소리를 버럭 질렀다. 하지만 땔나무꾼은 넙죽 절을 하고 순순히 방앗간을 향해 갔다. 성큼성큼 방앗간으로 걸어가는 그를 보면서 홍인은 고개를 끄덕이고 있었다.

◈

그 땔나무꾼은 글자도 모르는 무지렁이였다. 하지만 깨침에 무슨 문자가 필요한가? 지식도 자연의 이치에 비하면 백사장의 모래 한 알에 불과한 것. 불립문자不立文字라 하지 않았던가.

사람이야 높고 낮음이 있겠지만 어찌 불성에 존귀가 있겠는가? 무지렁이 나무꾼의 이 칼날 같은 꾸짖음에 홍인은 반해버렸다. 감히 700여 명의 제자를 거느리며 당대 제일의 선사로 추앙받고 있는 자신에게 서슴없이 그 같은 말을 할 수 있는 기백에 또한 노승은 감탄하고 있었던 것이다.

보물은 아끼라고 하였다. 보물을 지나치게 자랑하면 반드시 도둑을 맞는 것이 인간사의 이치 아니겠는가. 그래서 홍인은 그 나무꾼을 후원의 방앗간에 숨겨놓기로 했다. 그리고 그를 지켜보는 눈들이 완전히 사라졌을 때 재빠르게 그곳으로 달려가 보물을 닦을 작정이었다.

'가서 방아나 찧으라고?'

벼는 익었느냐

어느 날 홍인이 제자들을 모두 불러놓고 말했다.

"자신의 깨친 바를 시로 지어 내게 보여라. 너희가 낸 시를 보고 후계를 결정하겠다."

하지만 홍인이 이러한 발표를 하고 난 뒤에도 제자들 가운데 어느 누구도 시를 제출하지 않았다. 제자들 사이에선 수제자인 신수 神秀가 홍인을 이어 6대 조사가 되어야 한다는 견해가 지배적이었기 때문이다.

그리고 드디어 신수가 시를 지었다. 그는 자신의 시를 직접 홍인에게 보이지 못하고 밤에 몰래 조사당 담벼락에 써놓았다.

몸은 보리수요 마음은 거울이니
부지런히 갈고 닦아 먼지 끼지 않게 하라

홍인은 이 시를 쳐다보고 고개를 가로저었다. 그리고 신수를 불렀다.

"뼈대는 있으나 살이 없다."

홍인은 이렇게 잘라 말하면서도 신수를 다독거렸다. 그리고 그에게 다시 시를 제출할 것을 당부했다. 그 일이 있은 지 며칠 후 벽에 다시 시 한 수가 나붙었다. 신수의 시를 읽고 그것을 비판한 것이었다.

> 보리는 나무가 아니요 거울 또한 틀이 없노니
> 항상 깨끗하기만 한 불성에 어떻게 먼지가 끼랴

홍인이 이 시를 읽고 제자에게 물었다.

"이 시는 누구의 것이냐?"

"방앗간 노가가 지은 것입니다."

"그래? 그 아이는 글을 모르지 않느냐?"

"누군가 대필을 해주었다 합니다."

홍인은 이 시를 대하는 순간 그 나무꾼이 깨쳤음을 알았다. 하지만 제자들이 그를 질시하여 해를 가할까봐 아무런 내색을 않고 이렇게 말했다.

"이것도 아직 멀었어."

그리고 며칠 후 홍인은 아무도 몰래 방앗간에 들렀다.

"벼는 잘 익었느냐?"

홍인을 대한 나무꾼은 그가 오기를 기다리고 있었다는 듯이 전혀 놀라는 기색이 없었다. 그리고 반듯하게 인사를 올리며 물음에 답했다.

"벼는 익었습니다만 아직 타작을 못했습니다."

'깨치긴 했으나 아직 인정을 받지 못했다는 뜻이렷다?'

홍인은 웃음 띤 얼굴로 그를 쳐다보며 말했다.

"타작마당에 가지도 않고 어떻게 타작을 하겠는고."

홍인은 그렇게 말하면서 지팡이로 방아를 세 번 쳤다. 그리고 돌아서면서 혼잣말로 중얼거렸다.

"타작에는 밤낮이 없는 법이지."

홍인의 마지막 시험이었다. 그 말을 알아듣지 못하면 아직 때가 되지 않았다는 뜻이기도 했다.

홍인은 그날 밤 늦게까지 잠을 청하지 않았다. 이윽고 삼경을 알리는 종소리가 들렸다. 그와 동시에 밖에서 인기척이 났다. 홍인의 얼굴에 잔잔한 웃음이 감돌았다.

"들어오너라."

노가가 조사당 안으로 들어왔다. 홍인은 이미 그를 맞을 준비를 하고 있었다.

"글을 모른다니 말로 하마."

홍인은 금강경을 펼쳐 그 핵심 내용들을 설파하기 시작했다. 그리고 이따금씩 노가에게 뜻을 묻기도 했다. 나무꾼은 그의 물음이 있으면 주저 없이 소견을 말했다. 그때마다 홍인은 고개를 끄덕이며 얼굴에 흡족한 웃음을 지었다.

홍인의 강론이 끝났을 때는 어느덧 새벽이었다.

"네가 지혜에 밝고 능하니 지금부터 이름을 혜능慧能이라고 하여라."

홍인은 그에게 법명을 내렸다. 그리고 법과 옷을 전하면서 한시라도 빨리 그곳을 떠나라고 하였다. 홍인은 그 땔나무꾼을 6대 조사로 삼은 것이다. 하지만 이 사실을 제자들이 알면 그를 그냥 내버려두지 않을 것은 불을 보듯 빤한 일이었다. 그래서 그로 하여금 야반도주를 명해야 했다.

나무꾼은 강남으로 떠나겠다고 했다. 홍인은 절 입구까지 그를 배웅했다. 그는 땅에 엎드려 스승에게 큰절을 올리고 걸음을 재촉했다.

'가급적이면 멀리 가야 할 텐데.'

홍인은 제자의 생명을 염려하고 있었다. 하지만 그것은 그가 스스로 해결해야 할 일이었다.

홍인은 그날 이후 조사당에서 꼼짝도 하지 않았다. 그렇게 며칠이 흐르자 제자들은 스승의 행동이 이상하다는 것을 깨닫고 그에게 몰려왔다.

"스님, 왜 법당에 오르지 않으시는지요? 혹 의발을……."

그들은 이미 홍인이 남쪽에서 온 나무꾼에게 의발을 전수한 것으로 판단하고 있었다.

"그렇다. 의발은 이미 남쪽으로 갔다."

홍인의 이 말이 떨어지기가 무섭게 제자들은 일제히 절 밖으로 몰려나갔다. 그가 혜능에게 물려준 의발을 뺏기 위해 혈안이 되어 있었던 것이다.

"어리석은 놈들, 그까짓 의발이 무슨 대수라고, 쯧쯧."

홍인은 제자들의 행동에 혀를 차면서도 한편으론 혜능을 걱정하고 있었다.

"그놈은 지혜로우니 살아남을 게야."

홍인은 나직한 한숨을 쏟아내며 물끄러미 하늘을 올려다보았다. 금방이라도 소나기를 퍼부을 것 같은 시커먼 구름떼가 남쪽으로 몰려가고 있었다.

"폭우 속에서도 타작을 할 수 있어야 진짜 농사꾼이지."

홍인은 혼잣말로 그렇게 중얼거렸다.

❖

이렇게 해서 육조 혜능이 탄생했다. 달마와 비견해 조금도 손색이 없다는 평가를 받는 육조는 바로 홍인의 혜안이 일궈낸 쾌거였던 것이다.

글도 모르는 혜능에게 조사 자리를 선뜻 내어준다는 것이 어디 쉬운 일인가? 사람들은 이것이 지나간 과거사이기에 그저 당연한 일로 생각하지만 결코 일어날 수 없는 일이 일어난 것이다. 깨달은 자만이 깨달은 자를 알아본다. 우리는 지금 이 말을 머리에 떠올리고 있다. 하지만 깨달음이 그냥 얻어지는 것이 아니라는 것도 알게 된다.

홍인은 누차 혜능을 시험하였다. 그리고 만약 그 시험을 이겨내지 못했다면 혜능은 홍인의 가르침을 받지 못했을 것이다. 홍인의 시험은 항상 짧고 명확했다. 그의 가르침은 철저하게 상징과 암시로만 이루어져 있었다. 이것을 알아들어야만 가르침을 얻을 수 있는 기회를 갖게 되는 것이다.

언뜻 보면 홍인이 쉽게 혜능을 후계자로 택했다고 여기기 십상이다. 하지만 그 과정을 자세히 뜯어보라. 과연 그것이 쉽게 이루어진 일이었는지.

우리는 홍인의 후계 선택 과정을 보면서 그의 치밀함과 조심스러움에 감탄을 자아내게 된다. 끝없는 시험을 통한 결정, 그리고 제자에 대한 배려. 여기에 홍인의 인간적 위대함이 있는 것이다. 그리고 지금 우리에게 다가와 귀엣말로 묻고 있다.

'벼는 익었느냐?'

당신은 홍인의 이 물음에 언제라도 답할 수 있어야 한다. 그럴 준비는 되어 있는가? 그리고 이 물음이 던져지면 당신은 즉시 도망갈 준비를 해야 할 것이다. 만약 당신이 혜능이 했던 것과 똑같은 대답을 한다면 홍인은 코웃음을 치며 그대에게서 등을 돌릴 것이다. 그러니 혜능이 남쪽으로 도망쳤듯이 당신도 혜능에게서 달아나야 한다.

깨달음, 그것은 얽매이지 않는 것이다. 깨달은 자, 그는 영원한 자유인이다. 그렇기에 당신은 끝없이 자신의 깨달음에서 도망칠 줄 알아야 할 것이다. 흐르지 않는 물은 썩은 물이요, 도망치지 않는 깨달음 역시 썩은 깨달음이기 때문이다. 하지만 물이 흐르듯 자연스럽게 도망치라. 아무도 당신의 도주를 눈치 채지 못하도록.

당신에게 다시 한 번 묻는다.

'벼는 익었느냐?'

승찬

승찬僧璨에 대한 기록은 많지 않다. 그리고 그가 언제 어디서 태어났는지도 분명치 않다. 그가 타인에게 모습을 드러내기를 좋아하지 않았기 때문이다. 또한 그가 활동하던 시대가, 북주北周의 무제武帝가 불교를 혹독하게 탄압하던 시절이었다는 것도 이에 한몫했을 것이다.

그는 출가하지 않은 몸으로 혜가를 만났다. 중풍에 걸려 있던 그가 혜가를 만나 간청한 말은 자신의 죄를 없애달라는 것이었다. 그리고 "죄를 보여달라"는 혜가의 말 한마디에 그는 깨쳤다.

혜가로부터 법을 이은 뒤에 그는 서주西州 완공산에서 10년 동안을 숨어 살았다. 그 때문에 아무도 그가 혜가의 법을 이어받았다는 사실을 알지 못했다 한다. 그만큼 그는 철저하게 은둔을 고집했다. 그리고 일련의 은둔 생활을 통해 스스로 충분히 넓어졌음을 알고 세상으로 나와 법을 전파하기 시작했다. 물론 그가 법을 전파한 기간은 길지 않았을 것이다.

승찬은 언제 태어났는지는 분명치 않지만 606년에 죽은 것은 확실하다. 죽음을 2년 앞두고 그는 제자 도신에게 법과 가사를 전하고 나부산羅浮山으로 들어갔다. 그리고 죽음이 임박하자 다시 대중 앞에 나타나 마지막 설법을 하고, 주변에 있는 나무 그늘에 앉아 조용히 잠들었다.

도신

도신道信은 당나라 때의 승려로 580년에 태어나서 651년에 죽은 것으로 기록되어 있다. 당태종이 그의 명성을 듣고 누차 만나기를 청하였으나 끝내 거절했다고 한다.

열네 살에 일개 사미승으로서 승찬을 만나 깨달음을 얻고, 중국 선종 의 4대 조사가 되었다. 그 역시 달마와 마찬가지로 황제와 천민을 같은 위 치에 놓았던 인간 평등주의자였다. 만물의 근본이 동일하므로 인간에게 차별이 있을 수 없고, 또한 깨달음에 귀천이 있을 수 없기 때문이다. 일곱 살 먹은 어린 홍인을 보고 한눈에 재목감임을 알아본 그의 통찰력은 바로 이 같은 깨달음에서 비롯된 것이다. 아이든 어른이든 진리 앞에선 하나이 며, 높고 낮음이 없다는 뜻이다.

홍인

홍인弘忍은 호북湖北 황매현黃梅縣 사람으로 속성은 주周씨다. 601년 에 태어나 일곱 살 때 도신을 따라 출가했으며, 674년 74세로 세상을 떴다.

그는 도신이 죽은 뒤에 황매산 쌍봉 동쪽에 동산사東山寺를 짓고 제자 를 가르쳤는데, 이 때문에 그를 일컬어 '동산법문東山法門'이라고도 한다.

그의 법문이 뛰어나다는 소리를 듣고 많은 사람들이 동산사로 몰려들 어 제자가 700명을 넘었다고 한다. 당나라 고종이 이 같은 홍인의 명성을 듣고 누차 그를 장안으로 초청했지만 그는 결코 동산사를 떠나지 않았다 고 한다.

홍인의 제자들 중 이름이 전하는 사람은 25명이다. 《능가사자기楞伽師資記》와 《역대법보기歷代法寶記》에 11명이 거명되어 있고, 《경덕전등록景德傳燈錄》에 13명, 《원각경대소초圓覺經大疏抄》와 《선문사자승습도禪門師資承襲圖》에 16명의 이름이 실려 있다. 이들 중 중복된 이름을 빼고 나면 총 25명이 된다.

이 제자들은 모두 각 지역으로 흩어져 포교 활동을 하였는데, 신수神秀는 장안과 낙양, 형주에서, 혜능과 인종印宗은 광동지방에서, 현의玄義·현약玄約·도준道俊 등은 호북, 지선智詵은 강절, 의방義方과 승달僧達은 절강, 법조法照는 안휘, 혜명慧明은 강서지방에서 활동하였다.

제자들의 이러한 포교 활동은 달마로부터 비롯된 중국 선종이 홍인에 의해 중국 전역에 퍼졌음을 말해주고 있다. 그만큼 중국 선종의 발전에 홍인의 역할이 지대했다는 뜻일 것이다.

이들 제자들을 대표하는 사람은 신수와 혜능慧能이다. 신수는 달마와 혜가에 의해 형성된 《능가경楞伽經》으로 북방에 선법을 퍼뜨렸고, 혜능은 《반야경般若經》으로 남방에 선법을 전했다. 신수의 북종선과 혜능의 남종선이 형성된 것이다.

깨닫겠다는
마음을
버리지
않으면

혜능·신회·혜충
행사·회양

힘으로 깨달음을 얻겠느냐

혜능에게 달마의 의발이 전수된 것을 안 동산사의 승려들은 앞을 다투어 혜능을 찾아 나섰다. 그들은 혜능이 가져간 의발만 차지하면 홍인을 이어 6대 조사가 될 수 있다고 믿고 있었던 것이다.

혜능을 찾아 나선 무리 중에 가장 발 빠르게 움직인 사람은 무장 출신의 혜명이라는 승려였다. 그는 내심 혜능 같은 무식쟁이보다는 자기가 법을 잇는 것이 훨씬 나은 일이라고 생각하고 혜능을 추격하여 의발을 빼앗기로 마음먹고 있었다.

혜명은 몸만 빠른 것이 아니라 주변 지리에도 밝았기에 혜능의 행로를 정확하게 읽으며 뒤를 쫓았다. 그리고 마침내 혜능을 막다른 곳으로 몰아넣었다. 그는 혜능이 주변 지리에 어두워 틀림없이 험한 산을 택해 몸을 숨길 것이라고 판단했고, 결국 대유령 중턱에서 혜능을 찾아낼 수 있었다.

혜명은 마치 덫을 쳐놓고 짐승을 모는 사냥꾼처럼 능란하게 혜능을 궁지로 몰아넣었다.

"이놈아, 의발을 내놓아라. 그러면 목숨만은 살려주겠다!"

혜능을 궁지로 몰아넣은 혜명은 호기 서린 음성으로 소리쳤다. 혜능은 더 이상 도망칠 수 없다는 것을 알았다. 위쪽으론 깎아지른 절벽이 버티고 있었고, 바로 옆에는 천길 낭떠러지였으며 아래쪽에서는 혜명이 올라오고 있었다.

"흐흐, 이놈! 글도 모르는 상놈 주제에 감히 조사 자리를 넘봐?"

혜명이 도끼눈을 번뜩이며 서서히 거리를 좁혀오고 있었다. 혜능은 더 이상 버텨봐야 승산이 없다고 판단하고 숲에서 몸을 드러냈다. 어차피 이렇게 된 것, 정면승부만이 살길이라고 생각했다.

혜능은 바위 위에 의발을 얹어놓았다. 그리고 그 뒤쪽에 가부좌를 틀고 앉아 혜명을 쳐다보고 있었다. 혜명은 숨을 훅훅 몰아쉬면서도 만면에 웃음을 가득 물고 있었다. 패기만만한 그의 얼굴에선 어느새 승자의 아량마저 감돌았다.

"약속대로 목숨은 살려주지. 내가 자네 같은 보잘것없는 나무꾼을 죽여 무엇 하겠나."

혜명이 의발을 집어 들며 다시 말을 덧붙였다.

"노가야, 생각을 해봐라. 아무리 인물이 없다손 치더라도 어떻게 자네 같은 무지렁이가 사람들을 선도할 수 있겠나? 이 의발은 내가 가져가니 너무 억울해하지 말게나. 자네야 나무하는 것이 유일한 재주인데, 이까짓 쓸모없는 의발로 무엇을 하겠나?"

혜명은 의발을 가슴에 감싸 안고 혜능을 조롱했다. 하지만 혜능은 전혀 당황하는 기색을 보이지 않았다. 되레 웃음 띤 얼굴로 그를 쳐다보며 말했다.

"이보시오 사형, 그럼 내가 한마디 물어봅시다. 사형은 도대체 그 의발로 무엇을 하려는 겁니까?"

"법을 얻어야지."

혜명이 대수롭지 않게 대답했다.

"법을 힘으로 얻겠다는 것인가?"

혜능의 음성에 갑자기 힘이 들어갔다. 그리고 이 물음은 기고만장해 있던 혜명을 혼란에 빠뜨렸다. 아무리 무장 출신이라 해도 깨달음을 얻기 위해 머리를 깎은 그였다. 그래서 적어도 법이 힘으로 얻을 수 없는 것이라는 것 정도는 인식하고 있었다.

"그러면 자네는 무엇으로 법을 얻을 수 있다고 생각하나?"

혜명의 음성이 조금씩 떨리고 있었다.

"법을 얻으려고 하지도 말고, 악을 생각하지도 마시게. 법을 얻고자 하는 욕심이 곧 법을 멀리 하는 일이 아니겠는가?"

'이럴 수가!'

혜명은 그때서야 홍인이 그에게 의발을 전수한 까닭을 알 수 있었다.

"사형이 지금 그 의발을 빼앗아가면 혹 6대 조사가 될 수 있을지는 모르나 결코 깨달음을 얻지는 못할걸세. 사형이 들고 있는 그 의발은 단지 스승님이 내게 법을 전수했다는 상징은 될 수 있으나 그것이 법 자체는 아니기 때문이지."

혜명의 얼굴에 짙은 그림자가 드리워지기 시작했다.

"자네는 글도 모르면서 어떻게 그런 것들을 깨달을 수 있었는가?"

"깨달음은 마음으로 얻는 것이지 문자로 얻는 것이 아니라네."

혜능의 이 말에 혜명은 고개를 푹 숙였다. 그리고 품에 안았던 의발을 다소곳이 바위 위에 내려놓았다.

"제가 껍데기만 보고 알맹이는 보지 못했습니다. 저에게 가르침을 주셨으니 오늘부터 대사를 스승으로 섬기겠습니다."

혜명은 혜능에게 큰절을 올리고 산을 내려갔다. 그리고 자신의 법명을 혜능과 같은 항렬을 피하기 위해 도명으로 고쳤으며, 뒤쫓아온 무리에게 그곳에서 혜능을 발견하지 못했다고 거짓말을 했다. 혜능은 이 같은 혜명의 도움으로 대유령을 무사히 빠져나올 수 있었다.

❖

이것이 혜능이 행한 최초의 설법이었다. 따라서 혜명은 혜능의 첫 번째 제자가 된 셈이다. 자신의 목숨을 노리며 쫓던 자를 제자로 만들어버리는 이 놀라운 지혜, 이것이 바로 혜능의 매력이다.

'자네는 법을 힘으로 얻으려 하는 것인가?'

혜능의 첫 번째 가르침이다. 무엇으로 깨달음에 이를 수 있는가? 구도자들의 근원적인 물음에 대한 되물음이 아니겠는가.

힘이란 부와 권력, 명예와 지식 등 인간이 취할 수 있는 모든 도구와 수단을 포괄하는 말이다. 그리고 혜능은 단적으로 설파하고 있다. 인간적 힘으로는 결코 깨달음을 얻을 수 없다고. 그러면 무엇으로 깨달음에 이를 수 있겠는가? 이 물음에 대해서도 혜능의 대답은 명쾌하다. 깨달음을 얻고자 하는 욕심부터 없애라. 단지 마음을 원래의 그 상태로 돌려놓기만 하라. 원래의 마음 상태, 그것이 곧 깨달음의 경지다.

일자무식의 나무꾼이 먹물들을 강하게 꾸짖고 있다. 안다는 것, 그리고 어떤 것에 대해 지식을 가졌다는 것, 그것이 곧 벽이 되어 참마음을 보지 못하게 한다는 가르침이다. 요즘 세상은 아는 것이 너무 많아 진짜 아는 것이 하나도 없는 시대다. 그리고 그런 시대는 아는 것이 너무 많은 인간들이 만들었다. 인간의 과대한 자만심과 과학적 지식에 대한 맹신, 그것이 곧 사람들의 눈을 가리고 있는 것이다. 생각해보라, 코페르니쿠스가 지동설을 주장했을 때를. 그를 아는 모든 사람은 그를 미친 사람으로 여기지 않았던가. 그리고 지동설이 증명된 지금 모두 그를 위대한 사람으로 떠받들고 있지 않는가. 이것이 바로 과학적 지식의 한계다. 이 한계 때문에 인간은 끊임없이 자기 도그마에 빠지게 될 것이다.

혜능의 꾸짖음은 이것을 경계하라는 뜻이다.

경계하라. 아는 것이 늘어날수록 자신의 지식을 경계하라. 경계하지 않으면 그 지식으로 인해 스스로 몰락의 길을 걷게 된다.

바람이냐 깃발이냐

혜능은 홍인의 법을 받고 15년 동안 저자거리를 떠돌며 몸을 숨겼다. 그리고 홍인이 세상을 뜨자 다시 모습을 드러내고 자신이 머물 곳을 찾아 나섰다.

혜능이 광주 법성사 옆을 지나는데 한 무리의 승려들이 입씨름을 벌이고 있었다.

"저건 깃발이 펄럭이는 것일세."

"아닐세. 저건 바람이 깃발을 움직이는 것이니 바람이 펄럭이는 것일세."

무리는 둘로 나뉘었다. 그리고 그들의 논쟁은 시간이 흐를수록 더욱 치열해져 마침내 언쟁으로 발전하고 있었다. 혜능은 그들의 언쟁을 한참 동안 지켜보았다. 그들은 도저히 타협점을 찾지 못하는 듯했다. 그래서 혜능이 나섰다.

"그건 깃발이 펄럭이는 것도 아니고 바람이 펄럭이는 것도 아닙니다."

한참 동안 언쟁을 벌이고 있던 무리들이 혜능의 이 말에 일제히 말을 멈추었다. 그리고 혜능을 향해 시선을 돌렸다.

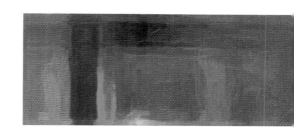

"그러면 당신은 무엇이 펄럭인다고 생각하십니까? 깃발도 바람도 아니면 도대체 무엇이냔 말이오?"

건장한 사내 하나가 앞으로 나서며 혜능에게 다그쳤다. 그는 아주 흥분된 상태였다. 여차하면 혜능에게 그 분풀이를 해댈 것 같은 기세였다. 하지만 혜능은 전혀 기가 꺾이지 않았다.

"펄럭이는 것은 바로 당신들의 마음이지요."

무리의 입에서 탄성이 흘러나왔다.

"당신은 도대체 어디서 온 사람이오?"

그들 중의 하나가 물었다.

"그냥 지금 여기에 있는 사람입니다."

무리가 그를 법성사로 데리고 갔다. 그리고 그의 머리를 깎아주고 스승으로 삼았다.

❖

혜능은 비로소 머리를 깎았다. 출가한 지 17년 만에 이루어진 일이었다. 그것도 제자들에 의해서 말이다. 석가 이후 출가하면서 곧바로 스승이 된 이는 혜능이 처음이자 마지막이었다. 그 짧고 명쾌한 설법으로.

바람이냐 깃발이냐. 아니다, 그것은 마음이다.

이 얼마나 시적인 표현인가. 그리고 얼마나 본질적인 대답인가. 펄럭이는 깃발을 보고 그것이 곧 마음의 펄럭임이라고 단정할 수 있는 이 기발함. 이것이 바로 홍인이 읽어낸 혜능의 지혜였다.

　모든 문제는 마음에서 일어나 마음에서 해결된다. 이것이 혜능의 원초적인 깨달음이었다. 하지만 우리는 섣불리 혜능의 이 같은 지혜를 흉내 내서는 안 된다. 언젠가 누군가에게 이 이야기를 들려주면서 바람이 움직인 것인가 아니면 깃발이 움직인 것인가, 하고 물었더니 이 이야기를 알고 있던 그는 '마음이 움직인 것'이라고 대답했다. 그러나 이 대답은 위험하다. 혜능이 무슨 말을 했느냐고 물은 것이 아니라 그가 어떻게 생각하고 있느냐고 물은 것이기 때문이다.

　지식이란 이처럼 위험하다. 알고 있다는 것은 곧 거대한 벽을 하나 만드는 것과 동일하다. 따라서 지식은 얻는 즉시 버려야 한다. 그리고 얻은 것과 동시에 도망쳐야 한다. 그래야만 자기 것을 얻을 수 있다.

　육화된 깨달음, 경험된 무, 즉 공.

　지식은 이것을 막는 첫 번째 벽이다. 그 벽을 깨뜨리지 않고는 깨침은 없다. 왜냐면 깨치는 것은 깨지는 것으로부터 시작하기 때문이다.

　이제 다시 묻는다.

　'바람이냐 깃발이냐?'

자, 여기 극락이 있다

위사군이라는 사람이 찾아와 대중이 지켜보는 가운데 혜능에게 물었다.

"세상 사람들이나 스님들은 항상 아미타불을 찾으며 서방 극락을 염원하고 있는데, 대사 생각엔 그들이 정말 극락에 갈 수 있다고 보십니까?"

혜능이 위사군을 쳐다보더니 딱 잘라 말했다.

"아니, 못 가."

이 말에 대중들이 웅성거렸다. 위사군이 다시 물었다.

"대사께서는 왜 그들이 극락에 가지 못한다고 잘라 말하십니까?"

"극락을 가고자 하면 극락은 더 멀어지는 법이거든."

"그러면 어떤 사람이 극락에 갈 수 있습니까?"

"깨친 사람."

"깨친 사람은 어떻게 극락에 간다는 말입니까?"

"손바닥 뒤집듯이 간단하지. 지금 당장이라도 극락을 보여주랴?"

위사군의 눈이 휘둥그레졌다.

'당장 극락을 보여주겠다고? 이 노인네가 노망이 들었나. 그래 어디 한번 보자.'

위사군의 얼굴에 조소가 서렸다.

"여기서 볼 수만 있다면 더 바랄 것이 있겠습니까?"

그 순간 혜능은 손바닥을 쫙 펴며 말했다.

"자, 봐라. 여기 극락세계가 보이느냐? 어때, 틀림없지?"

위사군은 할 말을 잃고 멍한 얼굴로 혜능의 손바닥과 얼굴을 번 갈아가며 쳐다보고 있었다.

❖

누구든 위사군처럼 이해할 수 없다는 표정이 될 수밖에 없을 것 이다. 하지만 하나만 더 생각해보라. 극락이 무엇인가? 우선 이 질 문부터 해보자. 어떻게 대답하겠는가? 고통과 어둠이 없는 곳? 항 상 밝음과 환희만 있는 곳? 아니면 빈부와 계급이 없는 곳?

혜능의 이 가르침 속에서 우리는 불교의 본질을 끄집어낼 수 있 어야 한다. 불교란 무엇인가? 붓다란 무엇인가?

모든 길은 깨달음으로 통한다. 깨달음 이상의 것도 이하의 것도 아니다. 그렇다면 그 깨달음은 무엇으로 가능한가?

혜능은 마음이라 했다. 마음을 원상태로 돌려놓는 것. 그것이 곧 깨달음이라 했다. 아미타와 미륵과 석가가 모두 그 속에 있다 했다. 서방정토 역시 예외는 아니라고 했다.

극락은 가고자 하면 갈 수 없고 얻고자 하면 얻을 수 없는 것이 다. 극락에 가고자 하는 그 욕심을 없애는 것이 바로 극락에 이르 는 방법이다.

혜능은 이렇게 가르치고 있다. 당신은 혜능의 이 가르침에 대해 어떻게 생각하는가?

모든 것이 마음에 달렸다고? 그렇지만 그 마음을 어떻게 다스려? 이런 말을 뇌까리고 있을지도 모른다. 당연하다. 하지만 깨달음을 통해 무엇인가를 획득할 수 있다는 생각을 한번 버려보라. 그러면 달라질 것이다.

모두 깨달음을 통해 뭔가 얻을 수 있다고 생각하고 있다. 하지만 단언컨대 깨달음은 뭔가를 얻을 수 있는 도구가 아니다. 그것을 도구로 생각하면 절대로 혜능의 말을 이해할 수 없다.

'자, 여기 극락이 있지? 어때, 틀림없지?'

보이십니까

신회神會라는 사미승 하나가 혜능을 찾아왔다. 그는 스스로 깨달음을 얻었다고 자부하며 내심 기회만 닿으면 언제든지 혜능과 지혜를 한번 겨뤄보겠다는 당돌한 생각을 하고 있었다. 그리고 어느 날 제 나름 단단히 준비를 하고 기세 좋게 혜능에게 물었다.

"스님, 좌선을 행하면 보이십니까, 안 보이십니까?"

'스스로의 본성을 볼 수 있느냐는 말이렷다?'

당돌하기 짝이 없는 행동이었다. 채 스물도 안 된 녀석이 감히 대선사를 시험하고 있었다. 혜능이 그 속을 모를 리 없었다. 하지만 당돌하긴 해도 그 용맹이 가상하다는 생각에 혜능이 한 수 가르쳤다.

"아프냐, 안 아프냐?"

혜능이 느닷없이 주먹으로 신회의 머리통을 갈기며 되물었다. 너무도 빤한 이치를 왜 묻느냐는 말이었다. 하지만 신회도 쉽게 물러서지는 않았다.

"아프기도 하고 안 아프기도 합니다."

'하, 요놈 봐라. 진짜 버릇장머리 없는 놈일세. 하지만 깨달음에 나이가 없듯이 지혜에도 상하가 없는 법. 그래 어디까지 가는지 한번 해보자.'

혜능의 얼굴에 장난기가 감돌았다. 하지만 그것은 단순한 호기심의 발로가 아니라 순간적으로 과거사의 한 장면이 떠올랐기 때문이다. 신회의 당돌한 행동에서 그는 이십대 초반에 무턱대고 홍인을 찾아가 부처가 되는 법을 알고 싶다고 했던 자신의 모습을 엿보고 있었던 것이다.

"이놈아, 나도 보이기도 하고 안 보이기도 한다."

혜능이 능청스럽게 웃으며 그의 반응을 살폈다. 신회는 고개를 갸웃거리고 있었다. 바닥이 드러난 것이다. 그러자 신회의 음성이 누그러졌다. 하지만 결코 부끄러울 것은 없다는 담담한 태도였다.

"무슨 뜻입니까?"

모르면 솔직하게 시인하고 물어보라. 현명한 선택이었다. 혜능 역시 그가 그렇게 나오기를 바라고 있었다.

"보인다는 것은 내 허물이 보인다는 것이고 보이지 않는다는 것은 다른 사람의 허물이 보이지 않는다는 뜻이다. 또 보인다는 것은 내가 보인다는 뜻이고 보이지 않는다는 것은 또 다른 내가 보이지 않는다는 뜻이다."

혜능은 여전히 얼굴에 한껏 웃음을 지으며 말했다. 그리고 신회에게 물었다.

"그러면 너는 나한테 맞고 아프기도 하고 안 아프기도 하다고 했는데 그 말은 무슨 뜻이냐?"

신회가 대답했다.

"아프다는 것은 깨달음을 구하는 제 본성이 아프다는 것이고, 아프지 않다는 것은 가르침을 받고 있는 제 마음이 아프지 않다는 것입니다."

그러자 혜능이 정색을 하고 꾸짖었다.

"너는 어떻게 제 본성의 고통도 치유하지 못하면서 남의 본성을 시험하려 드는 것이냐!"

신회는 아무 말도 하지 못하고 얼굴만 빨개졌다. 하지만 그는 내심 기뻤다. 가르침을 줄 스승을 만났기 때문이다. 신회는 그 자리에서 일어나 말없이 큰절을 올렸다. 혜능이 그 뜻을 알아차리고 타이르듯이 말했다.

"네 눈이 어두워서 길을 보지 못하면 길을 잘 아는 사람에게 물어 길을 찾아야 할 것이 아니냐. 눈이 안 보이면 안 보인다고 해야지, 나 혜능의 눈까지 멀게 만들려고 하면 되겠느냐. 자신의 눈이 안 보인다고 해서 다른 사람의 눈까지 안 보일 것이라고 생각하면 오산이야. 알겠느냐?"

"예, 스님. 명심하겠습니다."

신회는 진심으로 고개를 숙이고 있었다. 그러자 혜능이 고개를 앞으로 쑥 내민 자세로 입가에 잔잔한 웃음을 띠며 다시 물었다.

"이제 보이느냐?"

혜능이 이렇게 물었을 때 신회는 불현듯 깨우쳤다.

❖

'보이십니까?'

신회의 물음이다. 혜능은 그가 자신을 시험하려 한다는 사실을 알고 있었다. 하지만 내색하지 않았다. 결국 스스로 내심을 드러낼 것이고, 결코 말장난을 하려는 의도가 아님을 알았기 때문이다.

신회는 굶주려 있었다. 깨달음에 주려 있었던 것이다. 그래서 길을 물었다. 따라서 '보이느냐'는 물음은 곧 자기는 보이지 않으니 길을 가르쳐달라는 뜻이었다. 그 묻는 태도가 다소 맹랑하긴 하지만 물음의 본질이 변질된 것은 아니다. 그래서 혜능은 그에게 길을 가르쳐주기로 했다.

눈이 어두운 사람에게 가장 먼저 가르쳐야 할 것이 무엇이라고 생각하는가? 그가 가야 할 길? 아니면 눈을 밝힐 수 있는 방법? 궁극적인 목적지? 아니다. 눈이 어두운 사람은 우선 자신의 눈이 어둡다는 사실을 먼저 알아야 한다. 따라서 그에게 가장 먼저 해주어야 할 일은 스스로가 눈이 어둡다는 것을 인식하도록 하는 것이다.

혜능은 이 방법을 택했다. 그래서 신회의 물음을 물리치지 않았던 것이다. 그리고 신회는 스스로가 눈이 어두운 사람임을 재빨리 인정했다. 그리고 무릎을 꿇었다. 시험하려는 마음을 없앤 것이다. 완전히 낮아진 것이다.

그때 혜능이 다시 물었다.

'이젠 보이느냐?'

신회는 이 물음에 깨쳤다. 무엇을?

당신은 무엇을 깨쳤는가? 중요한 사람은 신회가 아니고 바로 당신이기에 묻는다. 당신도 뭔가를 깨쳤는가?

가르치는 사람도 위대하지만 가르침을 수용하는 사람은 더 위대하다. 그만큼 자신을 완전히 버리고 또 낮추는 일이 어렵다는 뜻이다. 그리고 가르침을 수용할 수 없는 사람은 결코 가르침을 행할 수도 없다. 가르치는 것 역시 완전히 자신을 버리지 않고는 불가능하기 때문이다.

혜능이 다시 묻는다.

'이젠 보이느냐?'

허공이 아는 눈짓이라도 하더이까

혜능의 제자 혜충慧忠이 당 황제의 초청을 받아 장안으로 향했다. 혜충을 초청한 황제는 그를 대하자마자 질문 공세를 펼칠 기세였다. 황제는 이미 오래전부터 혜충의 지혜를 시험해보기 위해 안달을 내고 있던 터였다. 하지만 혜충은 황제를 발견하고도 거들떠보지도 않았다. 이에 화가 난 황제가 혜충에게 신경질적으로 소리쳤다.

"짐은 대당국의 황제요!"

그러자 혜충은 눈을 쌈벅거리며 대수롭지 않은 듯 대꾸했다.

"압니다."

'안다구! 알고도 나를 모른 척하다니, 이런 괘씸한 놈이 있나.'

황제는 붉게 상기된 얼굴로 따져물었다.

"그런데 대사는 나를 알고도 모른 척했단 말이오?"

황제의 분개에 아랑곳하지 않고 혜충은 손가락으로 하늘을 가리키며 되물었다.

"황제께서는 저 허공이 보이십니까?"

이 무슨 동문서답?

"그렇소."

황제가 무뚝뚝하게 대답하자 혜충이 다시 물었다.

"허공이 단 한 번이라도 황제께 아는 척한 적이 있습니까?"

"……."

황제는 더 이상 화를 내지 않았다. 그 후로 오히려 혜충에게 융숭한 대접을 하고 국사로 예우하였다.

❖

무엇이 황제의 마음을 사로잡았을까?

'허공이 눈짓이라도 하더이까?'

혜충의 가르침이다. 이 한마디에 황제는 말문이 막히고 말았다. 뿐만 아니라 그를 시험하려 한 것을 후회하고 스승으로 섬겼다.

속세를 떠난 자에게 황제가 다 무슨 의미가 있느냐는 것. 구도자에게 황제가 따로 있고 천민이 따로 있겠느냐는 것. 당 황제는 그의 자유스러움에 기가 눌렸던 것이다. 아무것에도 거리낌이 없는 행동, 곧 철저한 무애無礙정신. 황제는 그것을 본 것이다.

허공! 어떤 것에도 얽매이지 않은 자유…….

그 앞에서 황제는 한껏 초라해지고 있었다.

옛 부처는 갔다

한 스님이 혜충의 명성을 듣고 찾아왔다. 그는 다른 스님을 만날 때마다 이렇게 물었다.

"비로자나불毘盧遮那佛의 본체가 뭡니까?"

혜충에게도 이 같은 질문을 하자 혜충이 말했다.

"거기 물병이나 좀 갖다 주게나."

그가 무심코 물병을 건네주자 혜충이 다시 말했다.

"도로 갖다놓게나."

그러자 그는 혜충이 자신의 질문을 듣지 못했다고 생각하고 다시 물었다.

"비로자나불의 본체가 무엇입니까?"

혜충이 그에게 다시 물병을 갖다놓으라고 말하면서 혼잣말로 중얼거렸다.

"옛 부처는 뭐 하러 찾누."

❖

옛 부처는 지나갔다는 말이다. 그런데 왜 찾느냐? 네 앞에 당장
닥친 일이나 해결해라. 닥친 일은 바로 자기 자신을 찾는 일이다.
그게 부처의 본체를 아는 것이다. 혜충은 이렇게 말하고 있다.

'비로자나부처의 본체가 뭐냐?'

이 물음에 혜충은 한마디로 '그게 뭐 중요하냐'고 반문한다. 그
것보다는 당장 너 자신이나 찾으라는 뜻으로 바로 옆에 있는 '물병
이나 좀 갖다 달라'고 했다. 하지만 그는 알아듣지 못했다. 그러자
두 번째 똑같은 의미로 '물병을 도로 갖다놓으라'고 했다. 그래도
그는 알아듣지 못했다. 그래서 답답한 나머지 마침내 직설적으로
'옛 부처는 뭐 하러 찾느냐'고 훈계한다.

그렇다. 부처는 따로 있는 것이 아니다. 자기 이외의 모든 부처
는 허상이기 때문이다. 그리고 자기만이 스스로를 깨달음의 경지
로 이끌 수 있기 때문이다. 따라서 무엇보다도 먼저 자기 자신을
찾아 나서야 한다. 그것이 바로 구도행의 첫 작업이자 궁극적인 목
적이다.

명심하라. 옛 부처는 갔다.

물병이나 갖다 주십시오

황제가 혜충에게 물었다.
"부처의 열 가지 몸이란 게 무엇입니까?"
혜충이 벌떡 일어나며 말했다.
"아시겠습니까?"
"모르겠소."
혜충이 다시 말했다.
"물병이나 갖다 주시겠습니까?"

❖

무슨 뜻인가? 황제는 알 수 없었다. 모르겠는가, 혜충이 벌떡 일어나면서 알겠느냐고 한 것을?

앞의 이야기와 연관지어보면 그다지 어렵지 않게 풀어낼 수 있으리라. 하지만 조심할 것이 있다. 단지 풀어내는 데 그치지 말라는 것이다. 단지 혜충의 말을 해석하는 데만 머물러 있게 된다면 그것은 읽지 않은 것만도 못할 것이다.

'물병이나 갖다 주겠소?'

요즘 쌀값이 얼마요?

행사行思가 혜능의 가르침을 받고 고향으로 돌아왔다. 그는 한동안 교화에 전념하여 명성이 높아가고 있었는데, 하루는 근처 절에 있던 승려 하나가 그 명성을 듣고 찾아와 독대를 청하였다.

"스님, 불법의 본질이 무엇입니까?"

그가 물었다. 그러자 행사가 되물었다.

"요즘 이곳 쌀값이 얼마요?"

그는 행사가 자신을 무시하고 있다고 생각하고 화를 내며 돌아갔다.

❖

행사의 가르침은 혜충의 '물병 좀 달라'는 말과 다르지 않다. 단지 단어만 달리했을 뿐이다.

'요즘 이곳 쌀값이 얼마요?'

이렇게 대답해주었건만 그는 알아듣지 못했다. 그렇다고 그에게 행사가 다시 자세한 설명을 덧붙인 것도 아니다. 알아듣는 자만이 지혜를 얻을 자격이 있다. 선사들의 태도는 항상 이런 식이다. 알아듣지 못하는 자에게 억지로 지혜를 일러주면 그 지혜는 단지 장식으로 전락할 것이기 때문이다.

지혜는 지식이 아니다. 따라서 어떤 것을 풀어내기 위한 수단이 아니다. 또한 어떤 문제를 이해하기 위한 도구가 되어서도 안 된다. 여기 실타래가 하나 있다고 하자. 그리고 어떤 이가 그 실타래를 푸는 방법을 알고 있고, 또 누군가가 그에게 용케 그 방법을 전수받았다고 하자. 그러면 그는 실타래를 풀어낼 수 있는 지혜를 가진 자인가?

단언컨대 아니다. 왜냐하면 그는 단지 그 하나의 실타래밖에 풀어낼 수 없기 때문이다. 지혜란 어떤 실타래든 가리지 않고 풀어낼 수 있는 것이어야 한다. 말하자면 그 본질을 알고 있어야 한다는 뜻이다.

좌선만 한다고 부처가 되느냐

어린 제자 하나가 좌선에 열중하고 있는 것을 보고 회양懷讓이 다가가서 넌지시 물었다.

"왜 매일같이 좌선을 하느냐?"

제자가 주저 없이 대답했다.

"부처가 되려고 그럽니다."

'허, 그놈 부처 좋아하네.'

회양이 갑자기 벽돌을 하나 들고 와 제자 옆에 앉아 돌에다 갈기 시작했다. 벽돌 가는 소리를 듣고 제자가 궁금한 듯이 물었다.

"지금 뭘 하십니까?"

회양은 고개도 돌리지 않고 능청스럽게 대답했다.

"거울을 만드는 중이야."

아니, 노인네가 벌써 노망이 들었나? 제자가 피식 웃으며 핀잔을 주었다.

"벽돌을 간다고 거울이 됩니까?"

그때를 놓칠세라 회양이 일격을 가했다.

"좌선만 한다고 부처가 되느냐?"

이 말에 제자는 깨우쳤다.

◈

그 어린 제자는 마조馬祖였다. 중국 선종의 중흥조라고 할 수 있는 인물이다. 회양은 그를 무척 아꼈다. 그의 총명함과 기개를 높이 샀던 것이다. 그래서 직접 찾아가서 한 수 가르쳤다.

'좌선만 한다고 부처가 되느냐?'

이 말 한마디에 제자는 정신이 아뜩해졌다. 그리고 곧 머리가 환하게 밝아지는 것 같았다.

흔히 수행하는 방법으로 좌선을 택한다. 그것이 마치 수행의 왕도라도 되는 것처럼 떠벌리는 사람도 많다. 그러나 좌선은 형식일 뿐이다. 그리고 형식은 껍데기에 지나지 않는다. 수행의 방법이 어떻든 그것은 전혀 중요하지 않다. 중요한 것은 수행을 하는 이유다. 행위에 집착하는 사람은 모방 이외에 아무것도 하지 못한다. 깨달음의 길에서는 더욱 그렇다.

머리를 깎아야 구도자가 되는 것이고, 좌선을 해야 깨달음을 얻는다는 생각을 버려야 한다는 것이다. 어떤 상태에서든, 어떤 모습으로든, 어디에서든 깨달음은 얻을 수 있다. 회양은 마조에게 그렇게 가르치고 있다.

여기 수레를 끌고 가는 소가 있다고 치자. 그런데 수레가 움직이지 않으면 소에게 채찍질을 해야 하는가, 아니면 수레에 채찍질을 해야 하는가?

회양은 다시 이렇게 묻고 있다.

대답해보라. 자신에게 그리고 스스로에게 다시 물어보라.

'좌선만 한다고 부처가 되느냐?'

모양이나 틀에 집착하지 말라는 뜻이다. 관습이나 지식에도 집착하지 말라는 것이다. 그것은 자신을 죽이는 것이므로 곧 부처를 죽이는 것이다.

혜능慧能은 당나라 때의 선사로 638년에 신주新州, 지금의 광동성 신흥현에서 태어났으며 속성은 노盧씨다. 세 살 때 아버지를 여의었고, 가계가 어려워 어려서부터 땔나무를 팔아 홀어머니를 공양했다. 그 후 24세 때 나무를 팔러 시장에 나갔다가 어느 나그네가 금강경 읽는 소리를 듣고 감응하여 출가하기로 결심하고 황매산으로 홍인을 찾아갔다. 그리고 입산 8개월 만에 홍인에게서 깨달음을 얻고 법을 전수받았으나, 다른 승려들의 질시를 피해 다시 남쪽으로 내려가 15년 동안 은거 생활을 하였다. 그러나 홍인이 죽자 은거 생활을 청산하고 광주의 법성사法性寺로 찾아들어 가르침을 펼쳤으며, 713년 76세를 일기로 세상을 떴다.

육조 혜능은 남종선南宗禪의 창시자로서 중국 선종사禪宗史에 있어 달마와 함께 가장 중요시되는 인물이다. 중국의 선은 달마로부터 시작되었지만 혜능의 출현이 없었다면 본격적인 발전을 이룰 수 없었을 것이기 때문이다.

오늘날까지 전해오는 혜능과 관련된 자료는 매우 많고 다양하다. 하지만 이 자료들을 검토해보면 하나같이 후대 사람들의 시대적 요청에 의해 만들어진 것이 대부분이기 때문에 역사적 사실로 받아들일 만한 자료는 사실상 전무한 셈이다.

혜능에 대한 종합적인 전기인 《조계대사전曹溪大師傳》이나 《육조단경六祖壇經》 같은 것들도 사실은 후대의 필요성에 의해 만들어진 것이므로 혜능을 역사적 인물로서 사실적으로 기록한 자료라고 보기는 힘들다. 그리고 혜능 전의 자료로 가장 오래된 것으로 밝혀진 《육조능선사비명六祖能禪師碑銘》, 《전당문全唐文》, 《신회어록神會語錄》의 〈혜능전〉 등도 그의 제자 신회의 육조현창운동六祖顯彰運動의 일환으로 만들어진 것이다.

그러나 그의 동문인 현색玄色이 지은 《능가불인법지楞伽佛人法志》에 그가 홍인의 10대 제자 중 한 사람으로 기록되어 있고, 돈황본 사본에도 그의 이름이 거론되고 있는 점으로 미루어 그가 실재 인물이었던 것만은 분명하다. 따라서 혜능에 대한 신회의 기록은 대부분 사실적인 것으로 인정해도 무방할 것 같다. 다만 다소 신비적인 내용들은, 포교에 이용하기 위해 후대에 꾸며진 것으로 보는 것이 옳을 듯하다.

그를 흔히 조계대사라고 부르기도 하는데, 이는 그가 법성사에 있다가 1년 뒤에 조계의 보림사로 옮겨 그곳에서 법을 전한 데서 비롯된 별호다. 이후 조계의 보림사는 남종선의 본산이 되었으며, 후대에 그의 종지를 따르는 종단인 조계종의 종명도 여기서 연원한다. 또한 남종의 선사들을 기록한 책을 《보림전寶林傳》이라고 한 것도 바로 이 보림사에서 따온 것이다. 보림사는 현재 남화사南華寺로 개칭하였으며, 이곳에는 혜능의 미라가 보존되어 있다고 한다.

혜능의 대표적인 제자로는 신회, 회양, 행사, 혜충 등이 있으며, 그 외에 이른바 10대 제자로 불리는 제자군이 있다. 이 10대 제자는 돈황본 《육조단경》에서 언급하고 있는데 법해法海, 지성志誠, 법달法達, 지상智常, 지통志通, 지철志徹, 지도志道, 법진法珍, 법여法如, 신회神會 등이다. 하지만 이들 중 신회를 제외한 나머지는 거의 기록이 남아 있지 않은 인물들로서

《단경》을 만드는 과정에서 가공된 인물들일 가능성이 높다.

참고로 혜능의 자전적 일대기를 기록한 《육조단경》에 대해서 알아보자. 이 책은 혜능이 지은 것으로 알려져 있으나 여기에 대해서는 회의적인 시각이 많다. 혜능이 평생 문자를 깨우치지 않았다는 사실이 첫 번째 이유다. 혹자는 혜능의 말을 누군가가 옮겨 적었다고 주장하지만, 이 역시 사실을 가릴 방법은 없다. 이러한 진위 여부에도 불구하고 《육조단경》이 오랜 세월 수행자들의 '교과서'로 자리매김한 데에는 불교 사상과 선 수행에 대하여 획기적인 길을 제시하고 있기 때문이다.

《육조단경》은 먼저 달마로부터 체계가 잡히기 시작한 중국 불교의 선종이 혜능에 이르기까지 어떠한 도정道程을 거쳤는지 밝히고 있다. 그리고 선종의 요체인 수행법과 그 단계를 체계적으로 정리함으로써 깨달음의 경지에 이르는 길을 보여주고 있다. 한국 불교는 혜능에 의해 일어난 남선종에서 유래했기 때문에 《육조단경》은 우리나라 승려들에 의해서도 널리 읽혔다.

이 책은 여러 세대를 지나면서 그 내용이 가필加筆되고 보완되어 여러 판본이 전하고 있으나, 둔황에서 출토된 것을 가장 오래된 것으로 보고 있다.

신회

신회神會는 육조 혜능이 만년에 얻은 제자였다. 그는 신수의 북종선이

성행하고 있을 때, 달마의 가르침을 제대로 이은 사람은 양자강 남쪽의 혜능이라고 주장하며 남종선을 일으킨 인물이다. 말하자면 그는 달마를 계승한 진짜 6대 조사가 신수가 아니고 혜능임을 밝히면서 그를 '보리달마 남종'의 조사 위치에 올려놓았던 것이다.

그는 당나라 때 사람으로 685년에 호북 양양襄陽에서 태어났으며, 속성은 고高씨다. 어린 시절에는 유가의 오경伍經을 배웠고, 노자와 장자의 학문에도 심취했다. 그리고 20세가 채 못 됐을 때 불교에 뜻을 두고 출가하여 760년 76세를 일기로 세상을 떴다.

신회에 대한 이야기는 《송宋고승전》의 〈신회전〉 등에 기록되어 있는데, 이 기록들에 따르면 그는 골격과 기상이 뛰어나고 총명할 뿐 아니라 재능이 탁월했다고 한다.

신회는 학문과 언변이 남달랐던 모양이다. 신수의 북종선이 판을 치고 있던 당시 혜능을 달마의 적통이라고 주장하며 남종선을 주창한 일이 결코 쉬운 일이 아니었기 때문이다. 그는 남종선을 주창하는 과정에서 북종의 많은 승려들과 논쟁을 벌여야 했고, 또 그때마다 명쾌한 논리로 자신의 주장을 관철시키곤 했던 것이다.

또한 그는 남종을 창시하고 혜능이 달마의 적통임을 알리기 위해 이른바 '육조현창운동'을 전개했으며, 이를 위해 일생을 바쳤다. 그리고 그의 이 같은 노력은 마침내 참선 중심의 선교를 확립시키고, 혜능을 달마와 함께 중국 선종의 가장 윗자리에 올려놓았다.

그는 만년을 동도東都의 하택사荷澤寺에서 보냈는데, 이 때문에 그를 하택 신회라고 부르기도 했다. 그를 따르는 승려들이 중심이 되어 형성한 종단을 하택종이라고 한 것도 바로 이 때문이다.

혜충

혜충慧忠은 육조 혜능의 제자로 서기 700년을 전후하여 태어났으며, 당나라 현종 · 숙종 · 대종에게 융숭한 대우를 받으며 국사로 지내다가 775년에 죽었다.

그와 관련된 이야기는 이 외에도 몇 가지가 더 전하고 있는데, 독심술에 능한 삼장三藏이라는 승려와 대면하여 무심의 경지로 그를 가르친 일화도 있고, 또 당의 대종에게 지어달라고 했던 무봉탑無縫塔 이야기도 있다. 이 선화들의 골자도 역시 앞에서 다룬 이야기와 마찬가지로 관념이나 지식에 몰두하지 말고 스스로를 찾는 일에 전념하라는 것이다. 이는 곧 스스로가 부처이며, 깨달음 역시 자기 속에 있다는 것을 강조한 것으로 혜능의 가르침에서 크게 벗어나지 않는다.

그는 특히 '물병이나 갖다달라'는 화두로 유명하다. 이는 곧 관념이나 지식에 얽매이지 말고 자기 자신의 본질을 보라는 뜻으로 해석되곤 한다.

행사

행사行思는 육조 혜능의 제자로 청원青原이라고도 부른다. 그 역시 혜충과 마찬가지로 700년을 전후해서 태어난 것으로 보이며 740년에 죽은 것으로 기록되어 있다.

그는 사변을 중시하는 교종을 철저하게 배척하였으며 현실 속에서의 자각과 실천을 강조한 인물이다. 따라서 '이곳 쌀값이 얼마인가'라는 물음은 바로 그의 이 같은 사상의 현실적인 표현이라고 봐야 할 것이다.

행사는 일명 석두로 알려져 있는 희천의 스승이기도 하다.

회양

회양懷讓 역시 육조 혜능의 제자로 700년을 전후해서 태어났다. 그는 옥천사玉泉寺에서 구족계를 받았고 가르침을 얻기 위해 숭산의 혜안慧案을 찾아가 수업을 받았으나 깨치지 못했다. 그래서 마지막으로 혜능을 찾아갔다.

혜능은 그를 보자 이렇게 물었다.

"어디서 왔느냐?"

회양이 대답했다.

"숭산 혜안에게서 왔습니다."

그러자 혜능이 다시 물었다.

"어떤 물건을 얼마나 가져왔느냐?"

회양은 이 물음에 즉시 대답하지 못했다. 그리고 8년이 지난 뒤 다시 혜능을 찾아가 이렇게 대답했다.

"물건 하나를 가져왔습니다."

혜능이 또 물었다.

"닦을 수 있는 물건이냐?"

"닦을 수도 있지만 더러워져 있지는 않습니다."

이 대답을 듣고 혜능은 그를 받아들였다.

그는 혜능 곁에서 7년간 머물다가 남악南嶽의 반야사로 들어갔다. 그곳에서 제자들을 길러냈기 때문에 그를 남악이라고 부르기도 하였다. 앞에서 소개한, 마조와 나눈 대화는 바로 이 반야사에서 이루어진 것이다.

그는 나를
닮지 않고
나는 그를
닮지 않았네

희천·약산
천연·도오

자네를 버리게나

행사의 제자 희천希遷에게 한 과객이 찾아들었다. 보아하니 절집
식객 노릇을 하며 글줄깨나 읽은 것 같았다.

"스님, 도대체 해탈이 무엇입니까?"

돌아앉아 있는 희천에게 과객이 넌지시 물었다. 하지만 희천은
그를 돌아보지도 않고 지나가는 말로 대꾸했다.

"누가 그대를 속박하던가요?"

승찬 선사가 남긴 말이렷다? 과객이 빙그레 웃었다. 자신도 그
정도 대답은 할 수 있다는 의미였다.

"저 같은 속인이 속박을 당하는 건 당연한 이치 아니겠습니까?"

과객의 음성에 자신감이 넘쳐흘렀다. 그러나 희천은 여전히 돌
아앉은 채로 응수했다.

"이치를 다 아는 사람이 어찌 해탈은 모르시나."

과객은 아차 싶었다. 그렇다고 여기서 물러설 수는 없는 노릇이
었다. 상대는 이미 명성이 자자한 선사였고 그는 그저 보잘것없는
백면서생에 불과했다. 그러니 밑져야 본전 아니겠는가.

"그러면 정토는 무엇입니까?"

과객은 내친 김에 뿌리를 뽑겠다는 심사로 또 물었다.

"누가 그대를 더럽히던가요?"

자신이 깨끗하면 어딘들 정토가 아니겠느냐는 말이었다. 희천

의 음성은 고요하면서도 힘이 있었다. 그에 비해 과객의 음성은 다소 누그러졌다. 자신감을 잃고 있다는 뜻이었다.

"스님, 그러면 열반은 무엇입니까?"

과객의 음성에 오기가 서렸다.

'허허, 요놈 끈기 하나는 가상하구먼. 그래 어디까지 가나 한번 보자.'

"이놈! 누가 널 죽이려고 하더냐?"

희천이 갑자기 돌아앉으며 고함을 빽 질렀다. 생사를 초월한 경지를 운운하는 것은 곧 죽음에 대한 두려움 때문이라는 가르침이었다. 과객이 용케도 그 말뜻을 알아차렸다. 과객이 어느새 무릎을 꿇고 머리를 조아리고 있었다.

"더 할 말이 남았는고?"

희천이 그에게 조용히 다가가 속삭였다. 과객은 주눅이 들었는지 말은 못하고 고개만 가로저었다. 그에게 희천이 타이르듯이 말했다.

"여보게, 다음부터 나에게 묻지 말고 자네에게 묻게나. 그렇게 해서도 모르겠거든 자네를 버리게나."

과객은 이 말에 불현듯 깨우쳤다. 그리고 벌떡 일어나 희천에게 절을 했다.

❖

　모든 것은 마음에서 비롯된다고 했다. 의심이든 의혹이든, 악이든 선이든 모두 그 마음이 원천이라고 했다. 따라서 마음이 깨끗하면 해탈이니 정토니 열반이니 하는 문구에 매달리지 않아도 될 것이다.

　과객도 이 정도는 알고 있었다. 하지만 그것을 믿지는 않았다. 다만 머리로만 그렇게 생각하고 있었을 뿐 마음속엔 다른 생각들이 가득했다. 바로 그것이 문제였다.

　이럴 때 해결책은 무엇인가? 바로 그 생각들로 가득한 마음을 버려야 할 것이다. 즉, 스스로 무엇을 얻으려 하지 말라는 뜻이다. 진리는 있는 그대로가 실체다. 거기엔 더 이상의 형용사는 필요 없다. 있는 그대로 인정하는 것이 곧 마음을 버리는 것이다.

　희천이 과객에게 말했다. 깨달음을 타인에게 의존하지 말고 자신에게 의존하라고. 남을 시험하듯이 묻지 말고 스스로 자기 속에서 찾아보라고. 그리고 그렇게 해서도 찾지 못하면 찾으려는 그 마음을 버려버리라고.

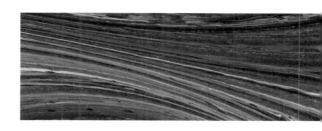

'해탈이 무엇이냐?' '정토가 무엇이냐?' '열반이 무엇이냐?'

이렇게 자꾸 묻지 말라는 뜻이다. 그 모든 것은 단지 껍데기만 다를 뿐 본체는 동일하기 때문이다. 따라서 그 껍데기에 집착하지 말고 자기 내면을 보라. 그러면 모든 물음에 대한 답이 그곳에 있을 것이다.

그래도 사람들은 여전히 물을 것이다. '그래도 해탈이 뭡니까?'

그러면 희천은 이렇게 물을 것이다. '당신 마음에 무엇이 들어 있습니까?'

설법이 말로만 하는 겐가

약산藥山은 희천으로부터 깨달음을 얻은 후 한동안 속세에 묻혀 살았다. 그는 기거할 곳이 마땅치 않아 어느 농가의 외양간에서 지내고 있었는데, 그럼에도 그의 인물됨을 알아보는 사람들이 있어 제자가 하나둘 늘어나기 시작했다. 그리고 그 제자의 숫자가 어느덧 오십 명에 육박하게 되니 외양간이 졸지에 절간으로 변해버린 셈이다.

사람들이 비록 가르침을 얻기 위해 몰려들었지만 정작 약산은 그들에게 단 한 마디도 가르치지 않았다. 그는 그저 외양간 안에서 조용히 좌선을 하고 있을 뿐이었다.

시간이 아무리 흘러도 약산이 설법을 하지 않자 마침내 제자들이 하나둘 그의 곁을 떠나기 시작했다. 이를 안타깝게 여긴 제자 하나가 어느 날 약산에게 설법하기를 강권했다. 그리고 마침내 약산의 승낙을 받아내는 데 성공했다.

그 제자는 약산이 설법을 할 것이라고 하면서 대중을 끌어모았다. 하지만 대중이 모인 것을 본 약산은 설법은 하지 않고 다시 외양간 속으로 들어가버렸다. 대중이 웅성거리며 흩어지자 설법을 약속받았던 그 제자는 약산에게 화를 내며 물었다.

"스님, 설법을 하시겠다고 약속을 하셨으면 지켜야지 왜 저를 난처하게 만드십니까?"

약산이 제자에게 되물었다.

"자네는 내게 뭘 말하라는 겐가?"

"설법을 하시라는 것이죠."

"설법은 말로만 하는 겐가?"

이 물음에 제자는 대답을 하지 못했다.

그 일이 있은 지 며칠 후 약산이 문득 대중 앞에 앉았다. 그러자 대중 속에 있던 한 사람이 물었다.

"스님은 도대체 누구의 법을 이으셨습니까?"

약산이 진정 희천의 제자인지 확인하고 싶다는 뜻이었다. 그리고 대중은 대개 그의 입에서 희천의 법을 이었다는 말이 나올 것으로 기대하고 있었다. 그런데 약산은 대답 대신 엉뚱한 말을 하고 있었다.

"언젠가 글귀 한 줄을 주웠지."

대중은 그 말을 이해할 수 없다는 듯이 고개를 갸웃거렸다. 그때 그중의 한 명이 다시 물었다.

"어떤 글귀였습니까?"

"그는 나를 닮지 않고 나는 그를 닮지 않았네."

약산은 그렇게만 말하고 대중 앞을 떠났다. 그가 자리를 떠났지만 사람들은 한동안 일어서지 못했다. 다만 몇 명만이 조용히 일어나 자신의 자리로 돌아가 좌선을 하고 있었다.

❖

앵무새처럼 지저귀는 것은 결코 설법이 아니다. 깨달음은 말로 전달될 수 있는 것이 아니다. 대중을 앞에 놓고 약산이 설한 내용이다. 그러나 아무도 그 말을 알아듣지 못했다. 그래서 답답한 나머지 약산이 다시 대중 앞에 앉았다. 그리고 대중들의 질문을 기다렸다.

'스님은 누구의 법을 이었습니까?'

이 물음에 약산은 웃음 띤 눈으로 한동안 대중을 쳐다보았다. 그리고 대답했다.

'나는 그를 닮지 않았고, 그는 나를 닮지 않았네.'

법을 잇는다는 말이 무의미하다는 것을 가르치고 있었다. 깨달음은 결코 이을 수 없다는 의미였다. 하지만 몇 명을 제외하고는 그 말뜻을 알아듣지 못했다. 그래도 약산은 개의치 않았다.

깨달음은 가르침으로 얻을 수 있는 것이 아니다. 스승은 깨달음을 전하는 것이 아니라 제자의 깨달음을 인정해주는 존재일 뿐이다. 따라서 깨달음엔 본질적으로 스승이 없다. 누구의 법을 이었다는 말은 무의미한 것이다. 중요한 것은 누구의 제자냐가 아니라 무엇을 깨달았느냐 하는 것이기 때문이다.

가끔 깨달음을 모방하는 사람을 발견할 때가 있다. 남의 말을 그럴싸하게 옮겨놓으면 자기 것이 되는 것처럼 생각하는 사람들도 많다. 그러나 깨달음을 구하는 행위가 앵무새가 되기 위한 것이 아님을 알아야 할 것이다.

깨달음은 한정된 것이 아니다. 따라서 법은 자유로운 것이다. 자유롭지 못하다면 이미 깨달음은 물 건너간 것이다. 확실하고 분명한 것을 좋아하는 요즘 사람들은 끊임없이 모범답안을 요구하겠지만 깨달음엔 결코 모범답안 같은 것이 없다. 다만 길은 있다. 그것은 초원으로 가는 길이다. 그곳에서 당신은 풀을 뜯어먹으며 자신을 살찌울 수 있을 것이다.

초원에서 먹을 수 있는 풀과 먹지 못하는 풀을 가려내는 것은 순전히 당신의 몫이다. 또한 그 풀들의 생태를 알아내는 것도 당신이 해야 할 일이다. 하지만 무엇보다 중요한 것은 당신이 지금 초원 속에 있다는 사실을 깨닫는 일이다.

하늘에 뭐가 보이나

약산이 명석하다는 소문을 듣고 그 지방 태수가 누차 그를 초청했다. 하지만 약산은 단 한 번도 응하지 않았다. 마침내 애가 닳은 태수가 직접 그를 만나기 위해 절간으로 찾아왔다.

태수는 약산을 보자 허리를 숙이고 인사를 하였다. 하지만 약산은 그를 거들떠보지도 않고 조용히 앉아만 있었다. 그 광경을 지켜보던 제자 하나가 답답함을 이기지 못하고 스승에게 다시 고했다.

"스님, 태수께서 오셨습니다."

그래도 약산은 꼼짝도 않고 하늘만 쳐다보고 있었다. 이에 성질 급한 태수가 화가 나서 투덜댔다.

"막상 보니까 소문만은 못하구먼."

이때 약산이 그를 불렀다.

"이보시오, 태수!"

태수가 혼잣말로 그를 욕한 것에 죄책감을 느끼며 반사적으로 "예, 스님" 하고 대답하면서 약산에게 바싹 다가갔다.

"태수는 귀는 열고 눈은 닫아놓고 사십니까?"

약산이 이렇게 말했지만 태수는 그 뜻을 알아채지 못하고 눈만 껌뻑거렸다.

그리고는 대뜸 이렇게 물었다.

"도가 무엇입니까?"

그러자 약산이 손으로 하늘을 가리켰다가 다시 아래에 있던 물병을 가리켰다.

"알겠습니까?"

약산이 확인하듯이 다시 물었다.

"모르겠는데요."

태수가 고개를 내저었다.

"하늘에 뭐가 보입니까?"

"구름이 보입니다."

"그럼 이 물병에는 뭐가 들어 있겠습니까?"

"물론 물이죠."

"구름은 푸른 하늘에 떠 있고 물은 병 속에 있지요?"

"예."

"알겠습니까?"

"……."

태수가 아무 대답도 하지 못하자 약산은 돌아서서 법당으로 들어가버렸다.

❖

그대는 알겠는가? 약산은 도대체 태수에게 무슨 대답을 기대하고 이런 행동을 보였겠는가?

하늘에 구름이 떠 있고, 물병 속에 물이 들어 있는 것을 모르는 사람은 없을 터. 그러나 그처럼 진리란 일상적인 것임을 깨닫는 사람은 별로 없다.

'도가 무엇입니까?'

태수의 물음이다. 그러자 약산은 손가락으로 하늘을 가리켰다가 다시 물병을 가리켰다. 하늘에 구름이 떠 있고 물병 속에 물이 들어 있는 것처럼 도란 특별한 곳에서 찾을 필요가 없는 것이란 뜻이었다. 하지만 태수는 그의 가르침을 이해하지 못했다. 그러자 약산이 다시 설명한다. 그리고 다시 묻는다.

'알겠는가?'

뭘? 태수는 이렇게 되묻는다. 도대체 뭘 가르쳐줬다고 알겠냐고 물어? 이 노인네가 사람을 농락하는 거야 뭐야?

그쯤 되면 태수는 가르침을 얻을 자격이 없다. 배가 고프지 않은 사람에게 아무리 맛있는 음식을 준다 한들 그 음식의 진짜 맛을

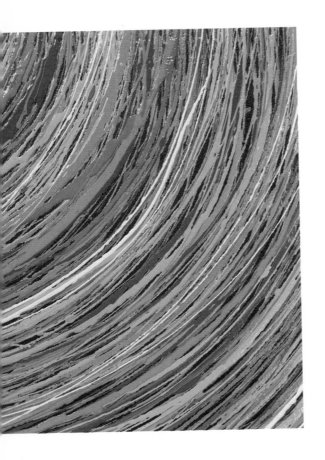

알겠는가? 약산은 속으로 이렇게 중얼거리며 돌아섰을 것이다.

태수는 그저 약산의 뛰어남을 시험하러 왔을 뿐이다. 다시 말해 그에게 있어 깨달음은 단순한 장식에 지나지 않았던 것이다. 그런 자가 약산의 가르침을 쉽게 이해할 수는 없었을 것이다.

무엇이든 구하는 자가 얻게 마련이다. 목마른 자가 우물을 파게 마련이라는 뜻이다. 하지만 목도 마르지 않은데 무엇 하러 쓸데없이 우물을 파는 수고를 하겠는가? 그에게 수맥이 있음을 가르쳐본들 곡괭이질을 하겠는가?

'알겠는가?'

목이 마른가? 배가 고픈가? 그래서 음식과 물이 그리운가?

당신이 그렇다고 대답하면 약산은 곧 이렇게 되물을 것이다.

'그럼 도가 뭔가?'

부처를 뽑는 과거

선비 하나가 길을 가고 있는데 웬 스님이 같이 가길 청했다.

"어딜 가시는 길입니까?"

스님이 물었다.

"과거장에 가는 길이지요."

선비가 대답했다. 그리고 이번에는 그가 물었다.

"스님은 어디로 가십니까?"

"저도 과거장에 가는 길입니다."

"스님도 과거를 보십니까?"

"선비께서는 관리를 뽑는 과거를 보겠지만 저는 부처를 뽑는 과거를 보러 갑니다."

이 말에 선비가 혹한 표정으로 스님에게 바싹 다가서며 물었다.

"도대체 어디서 부처를 뽑는답디까?"

그러자 스님이 선비의 귀에 대고 나지막하게 속삭였다.

"강서에 있는 마조 대사를 찾아가보시지요."

그 길로 선비는 과거를 포기하고 강서로 달려갔다. 그리고 마조를 대하자 대뜸 이렇게 말했다.

"여기서 부처를 뽑습니까?"

이 물음에 마조가 껄껄 웃으며 대답했다.

"남악의 희천 대사를 찾아가보시게나."

불교에 대해선 전혀 모르는 그였지만 강서의 마조와 호남의 희천에 대한 소문은 익히 듣고 있었다.

선비는 다시 호남으로 달려갔다. 그리고 희천을 만나자 그는 마조에게 했던 것과 똑같은 질문을 하였다.

"여기서 부처를 뽑습니까?"

이 말에 희천이 웃으면서 기꺼이 그를 제자로 받아들였다.

그리고 어느덧 3년이 흘렀다. 선비는 그동안 행자 노릇을 하며 절 생활에 익숙해지고 있었다. 그러던 어느 날 희천이 대중을 모아 놓고 이렇게 말했다.

"내일은 불전 앞에 마구 자라난 잡초를 베자."

이튿날 대중은 모두 낫과 호미를 들고 나왔다. 하지만 행자 한 사람만이 유독 대야에 물을 담아가지고 희천 앞에 꿇어앉았다. 그 선비였다. 희천이 그를 보더니 기분 좋게 웃으면서 그의 머리를 깎아주었다. 그리고 곧이어 계법사가 나왔다. 하지만 선비는 계법사가 계율을 읊으려 하자 벌떡 일어나 두 손으로 양귀를 틀어막고 절 밖으로 뛰쳐나갔다. 그 행동을 보고 모두 의아한 표정을 짓고 있었지만 희천은 웃으면서 고개를 끄덕이며 혼잣말로 "그놈 결국 과거에 합격했구먼" 하고 중얼거렸다.

남악을 떠난 그 선비는 곧장 강서로 달려갔다. 그리고 마조가 머물고 있던 절에 들어가 다짜고짜 법당에 놓여 있는 보살상의 목에 걸터앉았다. 이 때문에 온 절이 발칵 뒤집혔다. 경내가 소란스러워지자 마조가 옆에 있던 제자에게 물었다.

"무슨 일이냐?"

제자가 대답했다.

"웬 미친놈이 지금 법당에 들어와 보살상 위에 올라가 내려오지 않고 있습니다."

그 말에 마조가 직접 법당으로 달려가보니 정말 까까머리 중놈 하나가 보살상의 모가지에 올라타고 기분 좋게 소리를 꽥꽥 지르고 있었다. 자세히 보니 3년 전에 자신을 찾아왔다가 남악의 희천에게 갔던 선비였다.

"허허, 그놈 천연덕스럽구먼."

마조가 이렇게 웃으면서 말하자 그는 곧 내려와서 꾸뻑 절을 하였다.

"스님께서 법명을 주시면 기꺼이 받겠습니다."

그래서 그가 얻은 법명이 천연天然이었다. 아무 거리낌 없이 하늘의 이치대로 산다는 의미였다.

그가 절을 하고 일어서자 마조가 덧붙였다.

"희천의 길이 미끄러워 너를 미끄러뜨렸구나."

그러자 천연이 빙그레 웃으며 고개를 가로저었다.

"미끄러졌으면 예까지 못 왔지요."

❖

'여기서 부처를 뽑습니까?'

누군가가 당신에게 이렇게 물었다. 당신은 어떻게 하겠는가?

선비는 분명히 절을 찾아간 것이 아니라 사람을 찾아갔다. 그리고 당신 역시 사람이다. 따라서 부처를 뽑을 자격은 당신에게도 있다. 왜냐하면 부처는 결국 당신이 뽑는 것이 아니라 단지 스스로 만들어지기 때문이다.

부처를 뽑는 곳을 찾아 나선 선비는 이미 부처였다. 이제 누군가가 그를 부처라고 인정해주기만 하면 된다. 그것을 위해 선비는 3년 동안 행자 생활을 하며 기다렸다.

"내일은 불전 앞에 무성한 잡초를 베자."

희천의 이 말! 참으로 시적이다. 희천은 이미 천연이 깨달았음을 알고 이제 형식적인 삭발식만 하면 된다고 말했던 것이다. 언제나 그랬듯이 선사의 말귀를 알아듣는 자만이 인정을 받게 된다. 그리고 선사는 다시는 같은 말을 반복하지 않는다. 기회는 단 한 번뿐인 것이다.

천연이 그 속뜻을 알아차리고 삭발을 준비했다. 그리고 삭발이 끝난 후 계법사가 계율을 읊으려 하자 귀를 막고 도망쳤다. 들으면 그것에 얽매일 수 있다. 가장 좋은 방법은 아무것도 모르는 상태로 비워두는 것이다.

아는 것이 곧 벽이 된다. 진리로 가는 길에 가장 큰 걸림돌은 바로 자신을 옭아매는 지식이다. 가장 자연스러운 것, 천연스러운 것, 완전한 자유, 그것이 곧 부처다.

천연의 깨달음이다.

사리를 찾는 중이오

천연이 길을 가고 있었다. 겨울이었다. 바람이 예사롭지 않았다. 게다가 폭설마저 쏟아지고 있었다. 그리고 이윽고 날이 저물었다. 천연은 몸을 기댈 곳을 찾다가 마침내 절을 발견하고 그곳으로 향했다.

절 입구에는 '혜림사'라는 현판이 붙어 있었다. 절 안은 조용했다. 추운 데다 눈보라마저 휘몰아치자 모두 승방 안으로 들어가고 없는 듯하였다.

천연은 땔감을 찾았다. 어쨌든 불을 피워 몸을 녹일 심사였다. 하지만 좀처럼 땔감이 될 만한 것을 찾을 수가 없었다. 그러자 그는 법당으로 성큼성큼 걸어들어갔다. 그 같은 추위에 법당을 지키고 있을 사람은 없었다. 텅 빈 법당에 들어선 천연은 법당 한가운데에 모셔놓은 목불을 안고 나와 도끼로 탁탁 쪼개 군불을 지피기 시작했다.

어느새 불길이 활활 솟아올랐다. 그 광경을 보고 승려 몇 명이 모닥불 주위로 몰려들었다. 그들도 몸을 녹일 곳을 찾던 중이었다. 그러다가 그중의 한 명이 질겁하며 소리쳤다.

"아니, 이 미친놈이 부처님을 쪼개서 불을 피워!"

갑자기 절간이 소란스러워졌다. 모닥불 주위로 사람들이 몰려오기 시작했다.

"야, 이놈아, 이게 무슨 짓이냐?"

법당에 있어야 할 목불이 없어진 것을 알고 부랴부랴 쫓아온 노승 하나가 소리쳤다. 그러자 천연은 태연하게 재를 뒤적거리며 말했다.

"보면 모르겠소? 지금 사리를 찾는 중이오."

뭐? 노승의 얼굴에 핏기가 번져갔다.

"야, 이 미친놈아, 나무토막에서 무슨 사리가 나온단 말이더냐?"

천연이 빙그레 웃으며 대답했다.

"그러면 됐잖습니까?"

어허!

노승은 말문이 탁 막혔다. 그 옆에서 천연은 여전히 천연덕스런 얼굴로 불을 지피고 있었다. 그리고 몰려온 대중 역시 모닥불 주위에 둘러서서 희희덕 군불에 몸을 녹였다. 오랜만에 조용한 절간에 웃음꽃이 피었다.

❖

껍데기에 현혹되지 말라. 껍데기는 모두 자기 우상이다. 깨달음은 언제나 본질을 바로 보는 데에 있다. 천연은 그렇게 항변하고 있었다.

하지만 우리는 껍데기에 절하기를 좋아한다. 상징은 단지 상징으로 머물 때 그 가치를 인정받는 것인데, 상징을 전부로 생각하고 그것을 맹신하고 있다는 것이다. 천연은 철저하게 그것을 경계하라고 당부하고 있다.

있는 그대로 보란 말이다

희천의 제자 도오道惡에게 숭신崇信이라는 제자가 있었다. 그는 오랫동안 도오를 지극정성으로 섬겼지만 도오는 도통 그를 가르치려 하지 않았다. 그래서 하루는 숭신이 섭섭한 생각에 선사에게 따지듯이 물었다.

"스님, 왜 제게는 가르침을 주지 않습니까?"

그러자 도오는 황당하다는 표정을 지으며 이렇게 말했다.

"이놈아, 수년 동안 하루도 빠짐없이 가르쳤더니 무슨 소리를 하는 거냐!"

숭신은 어처구니가 없다는 표정으로 쏘아붙였다.

"뭐라고요? 저를 하루도 빠짐없이 가르쳤단 말씀이십니까? 도대체 언제 저를 가르치셨습니까?"

'허허, 이놈 봐라!'

도오는 제자의 표정을 살피며 금방이라도 웃음을 터뜨릴 듯한 얼굴을 하고 있었다. 그 때문에 숭신은 더욱 화가 치밀었다.

"스님, 대답을 해보십시오. 언제 저를 가르쳤단 말씀입니까? 저는 도무지 가르침을 받은 기억이 없습니다."

제자의 붉게 상기된 얼굴을 쳐다보면서 도오는 재미있다는 투로 말했다.

"이 녀석아, 네가 차를 가져오면 마셔주었고, 밥을 가져오면 먹어주었고, 인사를 하면 머리를 숙여주었지 않느냐."

숭신은 어리둥절해졌다. 스승이 도대체 무슨 소리를 하는 것인지 도통 알 수가 없었다. 흡사 자기를 놀리고 있는 듯한 느낌마저 들었다.

'설마 스승님이 제자를 데리고 장난을 치는 것은 아니겠지?'

숭신은 잠시 생각에 잠겨 있었다. 이때 도오가 정색을 하고 무섭게 나무랐다.

"이놈아, 무슨 생각이 그리 많아! 생각하면 곧 어긋나는 것이야! 있는 그대로 보란 말이야!"

그 말에 숭신이 퍼뜩 깨쳤다.

있는 그대로 보라!

도색하거나 포장하지 말라. 자기 지식을 동원해 생각에 잠기면 점점 깨달음에서 멀어질 뿐이다.

도오의 가르침이다. 평상심이 곧 도라는 뜻이다.

배고프면 먹고, 목마르면 마시고, 밤이면 자고 하는 일상생활, 그 속에 도가 있다. 그 모든 일상적 행위를 누구의 지시를 받거나 억압 속에서 행하지 않고 주체적으로 이끌어가는 것이 곧 선이기 때문이다.

자칫하면 이 말을 오해하기 쉽다. 그저 되는 대로 살라는 의미로 받아들일 수 있다는 것이다. 그러나 좀 더 깊이 새겨보라.

물은 아래로 흐르고, 뜨거운 것은 위로 솟고, 늙으면 죽고, 죽으면 썩고, 그래서 다시 자연으로 돌아가는 것이 일상사가 아니고 무엇이랴? 이 평범한 이치를 영위하면서 흔들리지 않고 사는 것, 그 속에 바로 진리가 있다. 즉, 순리에 역행하지 말라는 것이다.

희천

희천希遷은 흔히 석두石頭라고도 불린다. 그는 당나라 때의 선사로 700년에 태어났으며 790년에 세상을 떴다. 행사의 수제자이기도 한 그는 약산, 천연, 도오 등의 뛰어난 제자들을 길러내 마조와 더불어 중국 선종의 기반을 닦은 인물이다.

희천은 마음이 곧 부처라고 가르쳤다. 그리고 모든 것의 본체는 하나라고 하면서 마음이든, 부처든, 보리든, 열반이든 이름만 다를 뿐 본질은 같다고 했다. 이는 만물을 원상태로 돌려놓을 때 비로소 깨끗해져 막힘이 없게 된다는 말이기도 하다.

'생사는 물에 비친 달이나 그림자 같은 것인데 어찌 생기고 사라짐이 있으랴?'

희천이 한 말이다.

약산

약산藥山은 희천의 제자로 유엄惟儼이라 불리기도 했다. 그는 당나라 때인 745년에 태어나 828년 84세로 세상을 떴다.

그는 말이 없기로 유명한 승려였다. 그래서 좀처럼 법문을 하는 일도 없었다. 오히려 그는 그 같은 묵언수행 덕분으로 많은 제자를 얻을 수 있었다. 그의 제자 중에 조동종의 조사격인 동산을 키워낸 운암 같은 뛰어난 승려도 있었으니 말이다.

다음은 그가 임종 직전에 남긴 가르침이다.

팔순을 넘긴 약산은 좀처럼 말을 하지 않았다. 그러다가 하루는 갑자기 고함을 질러댔다.

"법당이 무너진다! 법당이 무너진다!"

이 소리에 그의 제자들은 혼비백산하여 모두 몰려나왔다. 그리고 버팀목으로 법당 사방을 고이는가 하면 한쪽에선 균열이 간 곳을 찾아내느라 수선을 떨었다. 그 광경을 지켜보던 약산이 손을 내저으며 말했다.

"이놈들아. 그런 뜻이 아니야."

약산은 그렇게 말하며 한참 동안 배를 쥐고 웃었다. 그리고 웃음을 뚝 그치더니 숨을 거두었다.

하긴 법당이 따로 있겠는가? 대중이 모두 부처이니 대중들 자체가 법당이 아니겠는가. 약산은 죽으면서 이런 가르침을 남겨놓고 갔다. 말을 아꼈지만 결코 할 말을 하지 않는 법은 없었던 것이다.

천연

천연天然은 희천의 제자로 선승들 중에서도 아주 기이한 인물로 알려져 있다. 당나라 때인 739년에 태어나 104세를 향수하다가 842년에 죽었는데, 뚜렷하게 제자를 길러내지는 않았다.

그는 희천에게서 3년 동안 행자 생활을 한 후 마조에게 가서 천연이란 이름을 얻은 후에 주로 단하산丹霞山에 머물러 있었기 때문에 단하라고도 불렀다.

혜능의 제자 혜충 국사는 그를 두고 최고의 승려라고 칭찬을 아끼지 않았다고 하는데, 그만큼 천연의 깨달음이 깊었던 까닭일 것이다.

도오

도오道悟는 희천의 제자로 흔히 천황天皇이라고도 불렀다. 748년에 태어나 15세에 향주荊州의 죽림사竹林寺로 출가했으며, 숭신, 점원 등의 제자를 길러내고 807년 60세를 일기로 세상을 떴다.

그의 제자 숭신용담의 법을 이은 덕산에게서 법안, 운문 등이 가르침을 얻어 법안종과 운문종을 개창하게 된다.

네 안에서
찾으라

마조·백장·남전
대주·혜장

자신을 잡는 화살

마조가 자신이 머물던 암자 근처에서 산책을 하고 있다가 사슴 한 마리가 숨 가쁘게 달아나는 것을 보았다. 달아나는 모양새로 보아 맹수나 사냥꾼에게 쫓기고 있는 것 같았다. 아니나 다를까, 잠시 후 사냥꾼 하나가 헐레벌떡 뛰어와 마조에게 물었다.

"스님, 혹시 사슴 한 마리 못 봤습니까?"

대답 대신 마조가 되물었다.

"자네 뭐 하는 사람인가?"

'보면 몰라? 사냥꾼이잖아. 그런데 초면에 왜 반말이야. 기분 나쁘게시리.'

벌레 씹은 얼굴을 하며 그가 퉁명스럽게 대답했다.

"사냥꾼이외다."

그러자 마조가 다시 물었다.

"자네 활 잘 쏘는가?"

'하, 그 중놈 묻는 말에 대답이나 할 것이지 왜 쓸데없는 질문만 계속하고 있어!'

사냥꾼의 얼굴이 붉게 달아올랐다. 하지만 상대가 명색이 출가한 스님인지라 내심 인내력을 발휘하고 있는 듯했다.

"물론이오."

사냥꾼이 마조의 얼굴을 흘겨보며 대답했다.

"화살 하나로 몇 마리나 잡을 수 있는가?"

마조가 또 물었다.

'아. 이 중놈이 진짜 바쁜 사람 데리고 장난을 치자는 거야 뭐야!'

사냥꾼이 눈을 치뜨고 마조를 쏘아보았다.

"화살 하나로 한 마리 잡지, 몇 마리 잡겠소?"

사냥꾼이 속이 뒤틀리는지 이젠 대거리를 할 기세다. 그래도 마조는 아랑곳하지 않고 얼굴에 웃음까지 흘리면서 비아냥거렸다.

"별로 못 쏘는구면."

'뭐? 별로 못 쏴? 하, 이거 오늘 땡중 하나 때문에 기분 완전히 잡쳤네. 중놈이고 뭐고 이걸 콱 한 주먹에…….'

사냥꾼은 차오르는 분노를 가까스로 억누르며 쏘아붙이듯이 물었다.

"그러는 스님은 활을 얼마나 잘 쏘슈?"

"나야 아주 잘 쏘지."

마조가 능청스럽게 말했다. 사냥꾼이 가소롭다는 듯이 피식 웃었다.

"그래, 스님은 화살 하나로 몇 마리나 잡소?"

"나야 화살 하나로 한 무리를 잡지."

'사기치고 있네. 화살 하나로 어떻게 한 무리를 잡냐? 네가 무슨 신통력이라도 있냐? 필시 나하고 말장난을 하자는 것이렷다!'

기왕에 사슴은 놓친 것이고, 내친 김에 사냥꾼은 중놈의 코를 납작하게 해줘야겠다고 생각했다.

"살생을 금한다는 스님이 활은 왜 쏘며, 또 산짐승들을 떼거리로 잡아 뭐 하려고 그러슈?"

사냥꾼이 그렇게 나오자 마조는 기다리고 있었다는 듯이 대뜸 이렇게 물었다.

"자네는 짐승은 그렇게 잘 잡으면서 왜 자신은 못 잡나?"

이 말에 사냥꾼의 얼굴이 묘하게 일그러졌다.

'어, 이 중놈이 예사 중은 아닌가보네.'

사냥꾼이 짐짓 진지한 얼굴로 되물었다.

"나를 어떻게 잡을 수 있겠습니까?"

마조가 빙그레 웃었다.

"지금 잡았잖나?"

"예?"

사냥꾼은 한동안 멍한 얼굴로 마조를 쳐다보다가 손에 든 화살을 꺾어버렸다. 그리고 활과 활통을 버리고 마조를 따라나섰다.

❖

활을 버리고 자기를 잡으러 떠난 이 사람, 그는 마조에게서 혜장慧藏이라는 이름을 얻었다. 짐승을 죽이던 화살을 버리고 생명을 일깨우는 새로운 화살을 얻었던 것이다.

‘짐승은 잘 잡으면서 왜 너는 못 잡느냐?’

마조가 혜장에게 던진 물음이다. 그리고 이 물음이 사냥꾼으로 살던 촌부를 새 사람으로 만들어버렸다. 혜장은 마조의 이 물음 앞에 갑자기 얼어붙었다. 어떻게 대답해야 할지 도저히 알 수가 없었던 것이다. 말하자면 사냥꾼은 마조가 쏜 화살에 맞은 셈이다.

화살!

마조는 혜장을 향해 깨달음의 시위를 당겼다. 그리고 명중했다. 사냥꾼은 자신이 누군가의 화살을 맞을 줄은 상상도 하지 못하다가 허를 찔린 것이다.

‘어떻게 하면 나를 잡을 수 있습니까?’

사냥꾼이 살려달라고 애원하는 소리다. 꼼짝없이 포로가 된 마당에 엎드리지 않고 살아날 재주가 있겠는가?

‘지금 잡았잖아.’

마조의 대답이다. 이 대답에 사냥꾼은 맥이 탁 풀렸다. 그리고 새로운 세상을 보았다. 새로운 활을 얻은 것이다. 그래서 새로운 사냥을 떠났다.

나를 잡을 수 있는 사람은 나 이외에는 아무도 없다. 그리고 자기 스스로를 잡겠다고 마음먹었으면, 그 마음먹은 것 자체가 바로 자신을 잡은 것이다.

자신을 향해 쏜 화살!

그 화살은 자기만이 쏠 수 있다.

넌 뭐냐

마조가 제자 백장百丈과 함께 갈대숲을 가로지르고 있었다. 그들의 발소리에 놀란 한 떼의 새가 푸더덕 날아올랐다. 그때 마조가 제자에게 불현듯 물었다.

"뭐지?"

제자가 대답했다.

"물오리입니다."

마조가 다시 물었다.

"어디로 갔지?"

제자가 손가락으로 새들이 날아간 방향을 가리키며 말했다.

"저쪽으로 날아갔습니다."

그러자 마조는 곧 제자의 코를 비틀었다.

"아이쿠!"

제자가 코를 쥐고 비명을 질렀다.

"날아갔다더니 여기 있지 않으냐?"

그 순간 제자는 깨달았다.

❖

뭐냐? 너는 뭐냐?

마조는 이렇게 물었지만 그의 제자 백장은 날아간 새의 종류가

무엇인지 묻는 것으로 알았다. 그 제자뿐만 아니라 그 상황에서는 누구라도 그렇게 알아듣는 것이 당연했을 것이다. 하지만 마조는 그 상황을 통해 제자에게 가르침을 주려 했다.

뭐지?

물오리입니다.

네가?

아니오. 날아간 새가요.

누가 날아간 새를 물었냐? 너 말이다. 너. 넌 뭐냐고?

중요한 것은 주변을 둘러싸고 있는 가시적인 물상들이 아니라 바로 나 자신이라는 것을 가르치고 있다. 그래서 쓸데없이 주위 환경에 매달리지 말라는 것이다. 주체는 바로 '나'라는 뜻이다. 한눈 팔지 말라는 의미다.

'넌 뭐냐?'

마조가 지금 당신에게 묻고 있다.

네놈이 보물창고 아니냐

대주라는 승려가 마조를 찾아왔다.

"어디서 왔는고?"

마조가 그를 보더니 다짜고짜 캐물었다.

"월주에서 왔습니다."

그가 공손하게 대답했다.

"뭐 하러 왔누?"

"법을 얻고자 왔습니다."

"미친놈아!"

느닷없이 마조가 고함을 빽 지르며 손으로 그의 이마빡을 휘갈겼다. 그렇지만 대주는 별로 당황하지 않았다. 이미 마조의 성질이 괴팍하다는 소문을 듣고 왔기 때문이다.

"보물창고를 감춰두고 그것도 모자라서 남의 보물을 뺏으려는 거냐? 욕심 많은 놈 같으니라고."

대주는 황당했다. 보물이라니? 가진 것이라곤 장삼 한 벌과 발우 하나뿐인데.

"스님, 제게 무슨 보물창고가 있다고 그러십니까?"

"그러면 네놈이 보물창고가 아니란 말이냐?"

그때 대주는 불현듯 깨쳤다.

◈

뭘 밖에서 구하느뇨? 법은 네 안에 있다.

마조가 대주에게 내린 가르침이다. 자기의 가치를 모르는 사람은 남의 가치도 모른다. 자기의 위대함을 모르는 사람은 남의 위대함도 모른다. 자기 속에 법이 있는 줄을 모르는 사람은 타인 속에 법이 있는 줄도 모른다.

사람들은 남에게서 얻기를 좋아한다. 쉽게 말하면 공짜 근성이 있다는 것이다. 그러나 남에게 얻기 전에 먼저 자기에게 얻어야 한다. 자기 자신만큼 많은 것을 가진 사람은 없다. 그런데도 사람들은 항상 남에게 더 많은 것이 있다고 생각한다.

깨달음도 마찬가지다. 누가 자신을 구하겠는가? 바로 자기 자신뿐이다.

깨달음은 호흡과 같은 것이다. 당신을 대신해서 누가 호흡을 해줄 수 있다고 생각하는가? 깨달음은 연애와 같은 것이다. 당신을 대신해서 누가 당신의 애인을 사랑해줄 수 있다고 생각하는가?

그러면 당신 속에 있는 그 법을, 그 보물을 어떻게 끄집어낼 것인가? 구슬이 서 말이라도 꿰어야 보배라고 하지 않았는가. 어떻게 꿸 것인가?

당신에게 호리병이 하나 있다고 치자. 그런데 어느 날 그 호리병 속에 새가 한 마리 있다는 것을 알았다고 치자. 그러면 어떻게 해야 그 새를 끄집어내어 창공에 날릴 수 있겠는가? 손을 호리병 속에 집어넣어서? 아니면 집게로 새를 끄집어내어서? 불가불가.

　방법은 간단하다. 새가 그 호리병 속에서 자라도록 가만히 내버려두면 된다. 새는 날 수 있게 되면 스스로 그 호리병 속에서 빠져나오게 될 것이니까. 다시 말해 그것은 새의 문제이지 당신의 문제는 아니라는 뜻이다.

　당신 속에 법이 있다는 것을 알았으면, 그 법이 자라도록 내버려두라. 그래서 언젠가 날개가 생기면 그 법이 당신을 빠져나와 창공을 나는 것을 보게 되리라. 성급하게 자기의 배를 칼로 가르면 그 속에 있는 법도 죽고 자신도 죽는다. 더군다나 남의 배를 칼로 갈라서야 되겠는가?

　　자기야말로 자신의 주인

　　어찌 주인이 따로 있으랴

　　자기를 잘 다루면

　　얻기 힘든 주인을 얻으리

법구경에 있는 말이다. 호리병 속의 새를 생각하며 새겨보길.

얻었으면 지켜야지

한 젊은 스님이 백장을 찾아왔다. 그는 어디선가 급하게 뛰어왔는지 숨을 헐떡이고 있었다. 아주 시급하게 해결해야 할 문제를 안고 있는 듯한 얼굴이었다. 그 때문에 조사당으로 뛰어든 그를 아무도 제지하지 않았다.

"뭐가 그리 다급한고?"

백장이 그에게 물었다. 하지만 그는 숨을 몰아쉬느라 금방 대답하지 못했다.

"허허, 이놈아, 그러다가 숨넘어가겠다."

그때서야 그는 거친 숨을 몰아쉬며 말했다.

"스님, 부처는 어디 있습니까?"

백장이 껄껄 웃었다. 그토록 다급한 일이 그것이었더냐, 하는 표정 같았다. 하긴 그보다 더 중한 일도 없을 터. 백장이 그의 열정에 감복했는지 한마디 일러주었다.

"소를 타고 소를 찾고 있구나."

백장의 그 말을 그가 용케도 알아들었던 모양이다. 그는 고개를 끄덕이더니 곧장 다음 질문으로 넘어갔다. 단단히 작정을 하고 온 눈치였다.

"부처를 찾고 난 뒤에는 어떻게 해야 합니까?"

'요놈 봐라!'

생판 얼굴도 모르는 놈이 절도 안 하고 보물을 훔쳐가겠다고? 그래도 백장은 숨을 헐떡이며 조사당으로 뛰어든 그의 용기를 높이 평가했던 모양이다.

"소를 탔으면 갈 길을 가야지."

이번에도 그는 고개를 끄덕였다. 그리고 또 물었다.

"앞으로 부처를 어떻게 간직할까요?"

결국 숟가락으로 밥을 떠먹여달라는 말이렷다?

하지만 백장은 여전히 웃음을 잃지 않았다. 마치 할아버지가 손자의 재롱을 보고 있는 듯한 태도였다. 얼굴엔 약간 장난기가 서려 있고, 한편으론 혹 그가 넘어지기라도 할까 봐 오히려 스스로가 더 긴장하고 있었다.

"소가 남의 밭에 들어가지 않도록 하는 게 목동이 할 일 아니더냐?"

백장이 그렇게 되묻자 젊은 스님은 갑자기 벌떡 일어서더니 절을 올렸다. 그리고 '내 소가 백장 놈 밭에 들어간다!' 하고 소리치며 도망치듯 조사당을 빠져나갔다.

달아나는 젊은 승려의 뒷모습을 보면서 백장이 배를 쥐고 웃기 시작했다.

❖

젊은 스님은 대안이라는 사람이었다. 그는 깨달음에 대한 확신은 있었지만 누군가로부터 인정을 받기 위해 백장을 찾아왔던 것이다.

부처는 어디 있습니까? 대안이 준비한 첫 질문이다. 마치 자기는 알고 있는데 백장이 모를지도 모른다는 말 같다. 그래서 몰라서 묻는 것이 아니라 백장을 시험하고 있는 것 같은 느낌마저 든다.

어디 있긴, 지금 내 앞에 있지 않느냐? 소를 타고 있으면서 소를 찾느냐?

백장의 대답이 있자 대안이 고개를 끄덕인다. 알았다는 것이 아니라 알고 있어 다행스럽다는 표정 같다.

부처를 찾고 난 뒤에는 어떻게 해야 합니까? 대안이 다시 물었다. 어려운 질문이다. 대개 깨달음에 이르면 모든 것이 해결된다고 믿고 있다. 하지만 그렇지 않다. 대안은 이미 그 경지를 넘어섰다. 백장 역시 마찬가지다. 깨달음이 있고 난 뒤에도 그 깨달음에 붙잡히지 않기 위해 끝없이 도망쳐야 하는 것이다.

갈 길을 가야지.

백장의 대답이다. 갈 길을 계속 가야 한다. 다시 말해 계속해서 깨달음을 향해 나아가야 한다는 뜻이다. 이는 깨달음의 세계 속에도 넘어야 할 산이 있다는 말이기도 하다. 이번에도 대안은 대수롭지 않은 듯 고개만 끄덕였다. 그리고 다시 묻는다.

어떻게 간직할까요?

대안이 정작 묻고 싶었던 말이었다. 깨달음을 얻기도 했고, 또 그 길을 계속 가고 있는데, 더 어려운 것은 그것을 어떻게 간직할 것이냐 하는 것이었다.

남의 밭에 들어가지 않도록 지켜야지.

이 말에 대안이 넙죽 절을 했다. 그리고 백장에게서 재빨리 도망쳤다. '백장 놈의 밭에 내 소가 들어간다!'고 위험 경보를 울리면서 자기 길을 떠났던 것이다.

백장의 깨달음이 결코 대안의 깨달음일 수는 없다. 대안은 그것을 깨달았던 것이다. 그래서 백장에게서 달아나는 행동을 보여 자신의 깨달음을 전해주고 있었다. 그 뜻을 알아차린 백장이 즐거워서 웃고 있다.

지금 당신의 소가 백장 밭에 들어가고 있다!

지금 당신의 소가 내 밭에 들어가고 있다!

경계를 당부하는 대안의 호각 소리가 들리는가?

병 속에 갇힌 선비

남전南泉의 지인 중에 육긍陸亘이라는 사람이 있었다. 그는 출가한 몸은 아니었지만 스님들과 이야기 나누기를 좋아하는 선객으로 한때 어사대부까지 지낸 관리 출신 선비였다. 그래서 곧잘 남전의 처소를 찾곤 했는데, 남전 역시 그와 대화하는 것을 싫어하지 않았다.

어느 날 육긍이 남전에게 문제를 하나 냈다. 그들은 가끔 기괴한 문제로 선문답을 주고받던 사이였기에 그다지 이상한 일은 아니었다.

"스님, 문제를 하나 낼 테니 풀어보시겠습니까?"

"그러지요."

남전이 흥미로운 눈으로 육긍을 쳐다보았다.

"옛날에 어떤 농부가 병 속에 거위를 한 마리 키우고 있었습니다. 그리고 거위는 날이 갈수록 무럭무럭 자라 어느덧 병 밖으로 나올 수 없을 만큼 몸집이 커지고 말았습니다. 스님이라면 병 속에 든 이 거위를 어떻게 꺼내시겠습니까? 단, 병을 깨거나 거위를 다치게 해서는 안 됩니다."

육긍이 말을 마치자 남전은 대뜸 그를 불렀다.

"대부!"

어사대부를 지낸 육긍을 남전은 항상 그렇게 불렀기에 육긍은 반사적으로 "예" 하고 대답했다. 그러자 남전이 빙그레 웃음을 지

138

으며 말했다.

"나왔소?"

"……?"

❖

육긍은 남전을 자기가 낸 문제 속에 빠뜨리려 했지만 남전은 넘어가지 않았다. 병 속에 갇힌 것은 문제 속에 있는 거위가 아니라 문제를 낸 육긍의 마음이었기 때문이다. 때문에 남전은 육긍의 문제에 몰입하지 않고, 오히려 그 같은 관념적인 치기에 빠진 육긍의 마음을 현실 세계로 되돌려놓았던 것이다.

흔히 우리는 관념적인 문제로 자기의 현실을 망각하곤 한다. 하지만 무엇보다 중요한 것은 자기 자신이 처해 있는 현실적인 위치다. 육긍은 문제를 낼 때 이미 병 속에 갇힌 거위와 똑같이 병 속에 갇혀버린 것이다. 남전은 그 점을 육긍에게 가르치고 있다.

나왔습니까?

육긍의 문제에 대한 남전의 답이다. 그까짓 쓸데없는 관념의 유희에서 빠져나왔느냐? 관념이란 병 속에서 이제 현실로 돌아왔느냐? 이렇게 묻는 것이다.

그리고 또다시 남전은 이렇게 묻고 있다.

왜 나왔습니까?

그에 대한 일화 중에 다음과 같은 것도 있다.

어느 날 남전이 경내를 둘러보다가 채소밭에서 홀로 일하는 스님을 보고 장난기가 발동하였다. 그러나 그 궁극적인 목적은 제자를 가르치려는 데 있었다.

남전이 느닷없이 일에 열중하고 있는 제자에게 기왓장을 던졌다. 난데없이 기왓장에 얻어맞은 그는 어떤 놈이냐고 소리치며 뒤를 돌아보았는데, 자기 스승이 웃는 얼굴로 쳐다보고 있는 것이 아닌가. 맞은 곳이 아프긴 했지만 제자는 애써 웃음을 지으며 스승에게 인사를 하였다. 그랬더니 남전은 그저 휙 돌아서 가버렸다.

그런데 이번에는 제자가 일을 끝내고 돌아오는데 남전이 한쪽 다리를 들고 나머지 다리로 서서 그를 기다리고 있는 것이 아닌가. 하지만 이번에도 제자는 고개만 숙였을 뿐 아무런 말도 하지 않고 자기 처소로 가버렸다. 남전이 자기에게 뭔가 가르치고 있다는 것은 알았지만 그 내용은 알지 못했다. 그래서 함부로 말을 걸지 못했던 것이다.

'이놈아, 밭에서 일만 한다고 깨달음을 얻을 수 있느냐?'

남전이 기왓장을 던지며 제자에게 한 소리였다. 하지만 제자가 말뜻을 알아차리지 못하자 이번에는 다른 방법을 썼다.

'한쪽 다리로만 서 있으면 어떻게 해!'

남전이 이렇게 외치며 외다리를 짚고 서 있었다. 그러나 그는 이번에도 알아듣지 못했다.

그럼 할 수 없는 일이지. 알아듣는 자만이 깨달음을 얻을 자격이 있기에, 남전은 한숨을 내쉬며 다시 제자가 스스로 자라기를 기다릴 수밖에 없었다. 그리고 자라지 않으면 어쩔 수 없는 일 아닌가.

깨달음이 없는 삶. 그것은 한쪽 다리를 잃고 사는 것이나 진배없다.

남전은 그렇게 먼저 일러주고 알아들으면 다른 공안公案. 수행자의 마음을 연마시키기 위한 문제을 던져볼 요량이었다. 하지만 역시 깨달음은 준다고 해서 얻어지는 것은 아니다.

도 닦는 법

대주에게 한 스님이 찾아와 물었다.

"스님, 도를 닦으실 때 공을 들이십니까?"

대주는 대수롭지 않게 대답했다.

"물론."

그가 다시 물었다.

"공을 어떻게 들이십니까?"

대주는 여전히 아무렇지도 않게 대답했다.

"배고프면 밥 먹고 피곤하면 잠자지."

◈

　선을 행한다는 것은 특별한 것이 아니다. 또한 선수행에 어떤 특별한 왕도도 없다. 겉으로 어떤 행동을 하고 또 어떤 말을 하느냐는 관건이 아닌 것이다. 중요한 것은 그 내면이다. 따라서 깨달음을 얻은 사람은 평범한 사람과 달리 특별하게 살 것이라고 생각하는 것 자체가 틀렸다.

　형식의 틀에 갇히면 그 틀 때문에 본질에 접근할 수 없다. 그러나 대부분의 사람들은 형식을 본질보다 더 중시하고 있다. 그러다 보니 남는 것은 제도와 관습, 그리고 권위의식과 영욕밖에 없는 것이다.

　출가하여 머리를 깎는 것도 마찬가지다. 이것은 단순히 하나의 상징에 지나지 않는다. 그런데 그 상징을 전부로 생각하고, 그것에 집착하다 보면 깨달음은 없고 관습만 남는 것이다. 큰스님을 만나면 절을 세 번 하고, 불상 앞에선 또 몇 번 하고, 말은 어떻게 하고, 인사는 어떻게 하고 등등의 형식에 매달리기 십상이다. 하지만 몰라도 좋은 관습은 아예 모르는 것이 좋다. 또 혹 알게 되더라도 그것에 연연하면 이미 도를 닦는 것은 포기한 것이나 다름없다.

　형식에 집착하다 보면 남는 것은 주름살밖에 없다는 것이다.

어떤 마음으로 도를 닦습니까

제자 하나가 심각한 표정으로 대주에게 물었다.

"스님께서는 어떤 마음을 사용하여 도를 닦으십니까?"

"나는 사용할 수 있는 마음도 없고 닦을 도도 없다."

그러자 제자가 따지듯이 다시 물었다.

"그러면 왜 매일같이 저희더러 선을 배우고 도를 닦아야 한다고 말씀하십니까?"

대주가 능청스런 얼굴로 시치미를 뚝 떼며 대답했다.

"무슨 소리를 하는 거냐? 내 것 챙기기도 바쁜데 언제 내가 너희들 것까지 챙겼느냐?"

❖

마음에 거리낌이 없으면 어떤 형태를 취하든 상관없다. 도란 특별한 모양과 틀을 필요로 하지 않기 때문이다. 따라서 다른 사람이 어떤 형태로 도를 구하든 그것은 문제가 되지 않는다.

여기 나무 하나가 있다고 하자. 그리고 그 나무에는 많은 잎이 달려 있다. 우리가 얼핏 보기에는 모든 나뭇잎이 똑같아 보인다. 하지만 과연 나뭇잎은 모두 똑같은가? 겉보기에는 비슷해 보이지만 그 나뭇잎들은 각기 자기의 성장 방식과 모양이 있다. 그리고 광합성을 하는 위치도 다르다. 그렇다고 그 나뭇잎들이 같지 않다고 할 수 있겠는가? 수행도 마찬가지다. 나뭇잎이 광합성을 하듯 자기 위치에서 자기 방식으로 틀에 얽매이지 않고 진행하면 되는 것이다. 중요한 것은 광합성을 한다는 것이지 어떤 방식으로 광합성을 하는가가 아니다.

왜 남의 것을 탐내는가? 도둑놈 심보가 아니고 무엇인가? 남의 깨달음이나 수행을 넘보는 것도 명백한 도둑질이다.

부엌에서 소를 치다

혜장이 사냥꾼 생활을 접고 마조를 따라나서자 마조는 그에게 부엌일을 시켰다. 그리고 어느 날 부엌에 들러 그를 시험했다.

"뭐 하누?"

어째 묻는 말투가 심술궂다. 혜장은 어느새 스승의 음성만 들어도 그 속마음을 읽어내고 있었다.

"소를 치고 있습니다."

혜장이 그렇게 대답하자 마조의 눈빛에 생기가 돌았다.

'이놈, 그동안 놀지만은 않았구나.'

마조가 다시 물었다.

"그래? 소가 풀밭에 가면 어쩔 거냐?"

혜장이 다시 태연하게 대답했다.

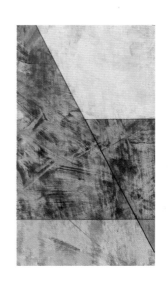

"고삐는 됐다 어디 쓰겠습니까?"

마조가 기분 좋게 웃으며 말했다.

"자네, 어느새 목동이 됐구먼."

❖

마조는 늘 일상생활이 곧 수행이라고 가르쳤다. 때문에 생활 속에서 불쑥불쑥 제자들의 성장 정도를 알아보곤 하였다.

뭐 하나?

마조의 이 물음은 그 순간에 뭘 하느냐가 아니라 본질적으로 너는 뭣 하는 인간이냐는 것이다. 다행스럽게도 혜장은 그 말뜻을 알아차렸다.

소를 치고 있습니다.

혜장의 대답이다. 물론 소가 아니라 사슴을 잡고 있다고 해도 무방할 것이다. 어쨌든 스스로 도를 닦고 있다는 표현이면 된다. 그러자 마조는 그 다음을 물었다.

소가 풀밭에 가려고 하면?

즉, 엉뚱한 생각에 몰두하게 된다면, 하고 묻는 것이다. 흔히 이 엉뚱한 생각을 번뇌라는 말로 표현하기도 한다. 하지만 거창하게 그런 말을 사용하지 않더라도 지나치게 관념적인 것에 매달린다거나 아니면 욕심에 사로잡히는 것 등 수행에 도움이 되지 않는 생각에 집착하는 것을 말한다.

고삐를 당기지요.

혜장의 대답이다. 다른 말로 하면 채찍을 친다고 할 수도 있을 것이다. 어쨌든 스스로를 엉뚱한 길로 내몰지 않도록 자기 단속을 한다는 의미인 것이다. 그러자 마조의 칭찬이 이어진다.

어느새 목동이 다 됐구먼.

자기를 다스릴 수 있는 사람이 곧 깨달은 사람이다. 자기 속에 또 하나의 자신을 아주 잘 기를 수 있는 사람이 도를 깨친 사람이다. 이를 한마디로 목동이라고 했다. 누구든 자기 소를 치고 있다. 따라서 모두 다 목동이다. 다만 소를 치는 능력에 차이가 있을 뿐이다.

허공은 이렇게 잡는 거야

혜장이 사제인 지장智藏에게 물었다.

"이보게 지장, 허공을 잡을 수 있겠나?"

지장이 호기를 보이며 대답했다.

"잡을 수 있고 말고요."

혜장이 다시 물었다.

"어떻게?"

그러자 지장이 양손을 펼쳐서 허공을 잡는 시늉을 하였다. 그리고 혜장 앞으로 손을 내밀며 말했다.

"여기 허공 있습니다."

혜장이 껄껄 웃으며 말했다.

"자네는 허공을 묘하게 잡는구면."

이번엔 지장이 물었다.

"사형은 어떤 식으로 허공을 잡으십니까?"

그러자 그 말을 기다렸다는 듯이 혜장이 지장의 코를 잡아 비틀었다.

아얏!

"나는 이렇게 잡네."

혜장이 코를 싸안고 있는 지장을 쳐다보며 심술궂게 웃었다.

어떤 상황에서도 자기를 망각하지 말라는 혜장의 가르침이었다. 말하자면 사형으로서 아끼는 후배에게 한 수 가르친 것이다.

허공을 잡을 수 있겠나?

물으나 마나 한 소리다. 그런데 이 물음에 지장이 솔깃해져 넘어가고 말았다. 그리고 손으로 허공을 잡는 시늉까지 보이며 더욱 그 물음에 집착하였다. 그러나 혜장이 지장에게 알려주려 했던 것은 바로 지장 스스로가 지나치게 관념에 빠져 있다는 점이었다. 그래서 기회를 엿보다가 어느 날 문득 '자네 허공을 잡을 수 있는가?' 하고 물었던 것이다.

코를 비틀린 지장은 순간적으로 눈물을 찔끔 흘렸지만 그 덕택에 큰 것을 깨달았다. 이후 지장 역시 혜장 못지않은 선승으로 성장한다. 신라 선종의 선구자 도의道義, 홍척洪陟, 혜철惠哲 등이 모두 그의 법을 이은 제자였으니 말이다.

관심의 대상은 쓸데없는 관념이 아니라 바로 자신이다. 관념은 허공과 다를 것이 없으므로 결코 잡을 수 없는 것이다. 그러나 자기 자신은 그렇지 않다. 스스로 깨닫기만 하면 언제든지 자기를 잡을 수 있으니까.

혜장이 지장에게 하고자 했던 말이다. 그리고 또 물을 것이다.

'허공을 잡을 수 있겠나?'

마조馬祖의 법명은 도일道一이다. 마조라는 별호는 그의 속성 '마'자에 후대 사람들이 업적을 기리는 뜻에서 조사 칭호를 붙여서 만들어진 것이다.

그는 당나라 때인 709년에 태어났으며, 어린 나이에 출가하였다. 이후 남악의 회양 문하에서 깨달음을 얻었으며, 2천 명에 달하는 많은 제자를 길러낸 후 788년에 세상을 떴다.

마조에 대한 이야기는 권덕여權德輿가 지은 《도일선사탑명道一禪師塔銘》을 비롯하여 《조당집祖堂集》, 《송宋고승전》 10권의 〈마조전〉 등에 전해지고 있다.

마조의 비문에 따르면 그는 혀가 넓고 길어 코를 덮을 정도로 기이한 모습이었다고 한다. 또한 《송宋고승전》에는 그가 '호랑이처럼 보고 소같이 걸었다'고 기록되어 있다. 그리고 〈마조전〉에서는 그의 성품에 대해 자비심이 많고 용모가 뛰어난 위인의 상호를 갖춘 인격자라고 언급하고 있다. 이러한 기록들은 그가 결코 범상한 인물이 아니었음을 증명해주고 있다.

그의 비범함은 제자를 많이 두었다는 점에서도 두드러진다. 그의 문하에는 뛰어난 선승들이 많았는데, 《전등록傳燈錄》에는 그의 입실 제자가 139명, 현도가 천여 명이었다는 기록이 있다. 그의 대표적인 제자로는 대주, 백장, 지장, 대매, 유관惟寬, 혜장, 남전 등을 들 수 있는데 이 중 백장의 문하에서 황벽과 위산 등이 나왔으며, 이들의 제자에 의해 임제종, 위앙종 등이 탄생한다.

마조의 주된 활동 무대는 홍주洪州의 개원사開元寺였다. 따라서 그의
문하생들에 의해 구성된 종단을 일러 흔히 홍주종이라고 했다. 이 홍주종
은 중국 선종이 조사선祖師禪의 불교로 성장하는 기반이 되었다고 할 수
있다.

백장

백장百丈은 마조 문하를 대표하는 인물로 회해懷海라고 불리기도 했
다. 그는 당나라 시대인 720년에 태어나 실천적인 선불교의 기반을 닦아
놓고 814년 95세에 죽었다.

백장은 불교에 노동을 도입한 최초의 인물이다. 그는 승려가 신도들의
시주에만 의지해서 사는 것은 벌레 같은 삶이라고 규정하면서 스스로 청
규清規를 만들어 손수 제자들과 함께 밭일을 하였다. '백장청규'라고 하는
이것에 얽힌 유명한 일화가 하나 있다.

그의 청정 생활은 계속되어 어느덧 백장이 80세를 넘긴 백발의 노인
이 되었을 때였다. 그는 노구에도 불구하고 하루도 밭일을 거르는 일이 없
었는데, 제자들에겐 이것이 부담스러웠던 모양이다. 제자들은 누차 밭일
을 그만두도록 간청했지만 전혀 먹혀들지 않자 궁리 끝에 스승의 괭이를
숨겨버렸다. 아침에 일을 하기 위해 자신의 괭이를 찾던 백장은 끝내 찾지
못하자 팔십 노구로 단식에 돌입했다. 그러자 이에 당황한 제자들이 그에

게 몰려가 물었다.

"스님, 왜 공양을 드시지 않습니까?"

백장이 노기를 띠며 꾸짖듯이 말했다.

"일하지 않았으니 먹지 않는 것은 당연하지 않느냐?"

제자들은 하는 수 없이 그의 괭이를 돌려줘야 했다.

남전

남전南泉은 당나라 때 선승으로 속성은 왕王씨다. 그의 법명은 보원普願이었으나 후에 주로 남천에 머물고 있었으므로 남전이란 이름으로 추앙받았다. 그는 748년에 태어났으며 출가하여 마조의 제자가 되었고, 장사, 조주 등 뛰어난 제자들을 배출하고, 834년에 87세를 일기로 세상을 떴다.

대주

대주大珠는 혜해慧海라고 불렸으며, 당나라 때 선사로《돈오입도요문론頓悟入道要門論》의 저자이기도 하다. 출생 연대는 정확하게 알려지지 않았지만 마조의 제자인 것으로 보아 750년을 전후해서 태어났을 것이다. 하긴 언제 나고 언제 죽은 것이 뭐 중요한가. 그저 왔다가 가는 인생인 것을.

혜장慧藏 역시 마조의 제자로 한 시대를 풍미했던 선승이며 석공石鞏
이란 이름으로도 알려져 있다. 그는 마조를 만나기 이전에는 사슴을 잡는
사냥꾼에 불과했지만 마조를 따라나선 뒤로 깨달음의 눈을 얻게 되었다.

사냥꾼 출신인 그는 자기에게 가르침을 얻기 위해 찾아오는 사람에게
곧잘 활을 겨누곤 하였다고 한다. 그러면서 소리치는 것이다.

"화살을 보라!"

그리고 느닷없이 활을 쏘곤 하였다. 자기가 마조의 활에 맞아 깨달음
을 얻은 것처럼 그들도 자기의 화살에 맞아 깨달음을 얻기를 바라면서 말
이다.

그러나 화살을 본다고 해서 모두 화살에 맞는 것은 아닐 것이며, 화살
에 맞았다 해서 궁수가 될 수 있는 것도 아닐 것이다. 무엇보다도 자기 활
을 가진 자만이 궁수가 될 수 있다.

당신은 화살을 가졌는가? 그리고 시위를 당겼는가?

마음에
갇히지 말라

조주

스승을 구하러 온 사미승

남전이 낮잠을 자다 깨어나 보니 옆에 어린 사미승 하나가 앉아 있었다. 그가 깨어나자 어린 사미승은 고개를 숙여 넙죽 인사를 하였다. 골격이 뛰어나고 영민해 보이는 아이였다. 남전이 팔베개를 하고 누운 채로 사미승에게 물었다.

"몇 살이냐?"

"열네 살입니다."

"어디서 왔느냐?"

"서상원에서 왔습니다."

서상원이면 서상에 있는 절 이름이렷다. 그래 어디 밥값이나 하는지 보자.

"그래 거기서 부처님 꼬리라도 보았느냐?"

남전의 얼굴에 특유의 장난기 어린 웃음이 감돌았다.

"부처님 꼬리는 못 보고 누워 있는 부처는 보았습니다."

어린 사미승의 이 소리에 남전이 팔베개를 거두고 벌떡 일어나 앉았다. 누워 있는 부처란 곧 남전 자신을 가리키는 말이었기 때문이다.

'오호, 그놈 잘하면 물건이 되겠는데.'

"너는 스승이 있느냐?"

남전은 원래 제자 욕심이 많은 인물이었다. 그런데 낮잠을 자고 있는데 재목이 제 발로 걸어들어왔으니 탐을 내는 것은 당연한 노릇이었다.

"예, 스승이 있습니다."

남전의 얼굴에 안타까움이 스민다.

"그래, 네 스승이 누구냐?"

'누군지 몰라도 제자 복이 있는 사람이구먼.'

남전은 속으로 그렇게 뇌까리며 사미승의 대답을 기다렸다. 그런데 사미승은 남전의 물음에 대답은 않고 일어나 넙죽 절을 하는 것이 아닌가.

"날씨가 쌀쌀한데 불편한 점은 없으신지요?"

'어, 이놈 봐라! 어른 놀리네!'

남전의 얼굴에 웃음꽃이 활짝 핀다. 쓸 만한 놈 하나 건졌다는 뜻이다.

❈

남전을 찾아온 이 어린 사미승이 바로 조주趙州다. 그는 아주 어린 나이에 출가했지만 자신을 거두어줄 만한 스승을 찾지 못했다. 그래서 직접 스승을 찾아 나서게 되었고, 그래서 얻은 스승이 남전이었다.

열네 살의 어린아이가 괴팍하고 장난기 많은 남전을 놀라게 했다. 그리고 남전은 그의 역량을 한눈에 알아보고 40년을 데리고 있으면서 가르침을 주었다.

빈손으로 왔다 빈 마음으로 간 사나이

스님 하나가 조주를 찾아와 절을 하며 말했다.
"빈손으로 왔습니다."
그러자 조주는 엉뚱하게도 이렇게 말했다.
"그럼 내려놓게나."
내려놓긴 뭘 내려놓으라는 젠가. 소문하곤 달리 꽤 물질을 밝히
시는구먼.
그가 붉게 달아오른 얼굴로 말했다.
"빈손으로 왔는뎁쇼."
조주가 다시 말했다.
"그럼 계속 들고 있게나."
"……?"

◈

빈손으로 왔습니다.

조주를 찾아온 객승의 말이다. 뒤집어서 말하면 뭔가 가져와야 되는데 사정이 허락되지 않아 그냥 왔다는 뜻이다.

그럼 내려놓게나.

뭘?

그 무거운 마음을. 형식과 절차에 사로잡힌 그대 마음을.

조주는 객승에게 그런 부담스런 마음을 없애버리라고 했지만 그는 알아듣지 못했다. 그리고 재차 자기가 빈손으로 왔음을 강조하였다.

그럼 계속 들고 있게나.

무슨 말인지도 알아듣지 못하는 상대에게 군이 상세한 설명을 해주지 않는 것이 공안이다. 하지만 기회를 한 번 더 준다. 그럼에도 불구하고 여전히 객승은 조주의 말을 알아듣지 못했다.

객승은 이제 내쫓기는 일만 남았다.

밥은 먹었느냐

선방에 들어온 지 얼마 되지 않은 제자 하나가 조주를 찾아와 간청했다.

"스님, 저는 아직 도가 무엇인지 잘 모릅니다. 그러니 스님께서 한마디만 일러주십시오."

조주가 이 말을 듣고 대뜸 물었다.

"아침은 먹었느냐?"

뜻밖의 질문을 받은 그는 뚱한 얼굴로 대답했다.

"그렇습니다만……."

조주가 다시 말했다.

"가서 네 밥그릇이나 씻어라."

"……?"

❖

도는 먼 곳에 있는 것이 아니다. 삶 자체가 참선인 것이다. 조주는 이렇게 가르쳤다. 도란 곧 생활이다. 따라서 자기 생활도 제대로 챙기지 못하면서 참선 운운하는 것은 어리석은 짓이다.

조주는 또 이런 점을 그에게 일러주고 있다.

밥은 먹었느냐?

밥 먹는 것은 가장 기본적인 일상사이다. 도 역시 이것과 다르지 않다.

밥 먹었으면 가서 네 밥그릇이나 닦아라.

쓸데없는 말에 집착하지 말고 네 앞에 벌어진 현실이나 추스르라는 뜻이다. 곧 일상생활 속의 일상적인 마음, 곧 '평상심이 곧 도'라고 말하고 있다.

그 제자가 알아듣든 말든 조주는 자기 방식으로 그렇게 가르치고 있다. 문득 홍인이 혜능을 가르치던 생각이 스쳐간다.

벼는 익었느냐?

벼는 익었습니다만 아직 타작을 못했습니다.

조주도 똑같이 물었다.

밥은 먹었느냐?

차나 마시게

한 스님이 조주를 찾아왔다. 조주는 그에게 차를 한 잔 대접하면서 물었다.

"전에 여기 온 적이 있는가?"

그가 대답했다.

"처음입니다."

조주가 말했다.

"그래? 차나 마시게."

그리고 또 다른 스님이 찾아오자 그는 역시 차를 대접하며 똑같은 질문을 던졌다.

"전에 여기 온 적이 있는가?"

그가 대답했다.

"예, 온 적이 있습니다."

조주가 말했다.

"그래? 차나 마시게."

그 스님이 돌아가자 시자가 궁금한 듯이 조주에게 물었다.

"스님, 왜 두 사람에게 모두 '차나 마시라'고 했습니까?"

조주가 시자를 힐끗 쳐다보더니 말했다.

"자네도 차나 마시게."

❖

조주의 이런 행동이 당신에겐 아주 낯설게 느껴질지도 모른다. 그러나 조금만 그 마음속으로 접근해보면 그다지 낯설 것도 없다는 것을 알게 될 것이다.

여기 온 적이 있나?

조주의 물음이다. 그러자 찾아온 사람들은 단순히 조주의 방에 와본 적이 있는지를 묻는 것으로 알고 한 사람은 아니라고 답하고 한 사람은 그렇다고 답했다. 그러나 조주는 단순히 그들이 자기의 방에 와본 적이 있는지를 묻고 있는 것이 아니다. 조주를 찾아왔다면 뭔가 가르침을 받기 위해 온 것이고, 그래서 조주는 상대를 대하자마자 곧 화두를 던졌던 것이다.

여기 온 적이 있는가?

이를 다른 말로 표현하면 이런 것이다.

깨달음에 이른 적이 있는가?

깨친 적이 있는가?

깨쳤는가?

조주가 이렇게 물었지만 그들은 알아듣지 못했다.

차나 마시게.

시험이 끝났으니 더 이상 할 말이 없는 것이다. 그래서 잔소리 말고 차나 마시고 가라는 것이다. 너는 아직도 멀었으니 도니 참선이니 하는 말들은 아예 꺼내지도 말라는 뜻이다.

조주의 시자 역시 알아듣지 못하기는 마찬가지였다. 그래서 그에게도 역시,

'자네도 차나 마시게.'

오줌 좀 누고 오겠네

제자 하나가 조주에게 물었다.
"스님, 가장 다급한 일이 무엇입니까?"
그러자 조주가 황급히 일어나 밖으로 나가며 말했다.
"오줌 좀 누고 오겠네."

개한테 물어봐

제자 하나가 심각한 얼굴로 조주에게 물었다.
"스님, 개한테도 깨달음이 있습니까?"

조주가 주저 없이 대답했다.

"없어."

다음 날 또 다른 제자가 와서 똑같이 물었다.

"개도 사람처럼 깨닫습니까?"

조주가 주저 없이 대답했다.

"있지."

제자가 의아한 듯이 다시 물었다.

"그럼 개는 왜 사람이 되지 못했습니까?"

조주가 말했다.

"그건 개한테 물어봐."

개에게 불성이 있느냐, 아니면 없느냐? 다른 말로 하면 천사에게 날개가 있느냐 없느냐, 또는 천사가 바늘 위에 설 수 있느냐 없느냐, 하는 것이렷다?

제자는 쓸데없는 관념에 매달려 있다. 그 쓸데없는 짓에 같이 휩쓸려 부화뇌동할 필요가 있겠는가? 개가 불성이 있으면 어떻고, 또 없으면 어떻다는 것인가? 그것이 자네의 깨달음하고 무슨 관계가 있어?

조주는 그렇게 말하고 있다. 그리고 한마디로 말한다.

'견공에게 물어봐!'

달마가 서쪽에서 온 까닭은

제자 하나가 조주에게 물었다.

"스님, 달마 조사께서 서쪽에서 온 까닭이 무엇입니까?"

조주가 대답했다.

"앞뜰에는 잣나무가 있지."

제자가 황당한 얼굴로 다시 물었다.

"무슨 뜻입니까?"

그러나 조주는 여전히 똑같은 말만 되풀이하고 있었다.

"앞뜰에는 잣나무가 있지."

제자는 얼굴을 붉히고 멍하니 앉아 있다가 고개를 갸웃거리며 나갔다.

❖

달마가 서쪽에서 왔든 동쪽에서 왔든 그게 무슨 상관이냐? 그건 달마에게 물어봐!

조주는 제자의 물음에 그렇게 답했다.

제자의 물음은 사실 단순히 달마가 왜 서쪽에서 왔느냐는 물음은 아니었다. 그것은 한 발 더 들어가보면 달마가 왜 불법을 일으켰느냐? 또 부처는 왜 이 세상에 왔느냐? 결국 그래서 도란 무엇인가? 뭐 그런 것이다.

그래도 조주는 여전히 이렇게 말하고 있다.

그딴 것이 뭐 중요하냐? 쓸데없는 데 신경 쓰지 말고 너 자신이나 걱정해라.

앞뜰에 잣나무가 있는 것은 분명하지만 그것이 왜 거기에 있는지는 중요하지 않다. 잣나무가 앞뜰에 있으면 어떻고 뒤뜰에 있으면 어떠랴? 앞뜰에 있으나 뒤뜰에 있으나 그것이 잣나무인 것만은 분명하지 않으냐. 그리고 설사 앞뜰에 잣나무가 없다고 한들 그것이 또한 무슨 문제가 되겠는가?

달마가 서쪽에서 온 의미도 그와 같은 이치라는 것이다. 왜? 중요한 것은 달마가 아니라 바로 자기 자신이기 때문이다.

한마디로 쓸데없는 것에 신경 쓰지 말고 수행에나 충실히 하라는 것이다.

조주趙州는 장사와 더불어 남전의 수제자다. 그의 속성은 학郝씨이고, 당나라 때인 778년에 조주의 학향郝鄕에서 태어났으며, 아주 어린 나이로 입산하여 열네 살 때 남전을 만났다. 이후 40년 동안 남전을 수발하다가 그가 죽은 뒤부터 본격적으로 가르침을 시작했다. 그리고 897년 120세를 일기로 세상을 떴으니 선승들 중에서 가장 오래 산 셈이다.

그는 검소한 생활로 자기를 다스렸으며, 절개가 꿋꿋하여 왕이 찾아와도 자리에서 일어나지 않았다고 한다. 또한 그의 가르침은 짧고 순간적이어서 웬만한 사람은 그에게 가르침을 받을 엄두도 내지 못했다고 한다.

그에 관한 이야기는 《송고승전》 11권, 《조당집祖堂集》 18권과 그의 어록에 전하고 있다.

지금
그대는
어디에 있는가

황벽·임제
위산·앙산

다른 일로 왔겠습니까?

어느 날 백장에게 칠 척 장신의 스님이 한 명 찾아왔다. 그는 덩치만 큰 것이 아니라 얼굴도 특이한 데가 있었다. 이마 한가운데가 불룩 튀어나와 마치 큰 구슬을 얼굴에 박아놓고 다니는 것 같았다. 게다가 불거진 눈에서 형형한 빛이 쏟아져 나와 첫눈에 상대방을 압도하는 위력을 지니고 있었다.

그는 백장을 보자 절을 하였고, 백장은 절이 채 끝나기도 전에 넌지시 물었다.

"위풍당당해 보이는 풍채구먼. 그래, 어디서 어떻게 왔는고?"

그가 대답했다.

"복건성에서 위풍당당하게 걸어서 왔습니다."

'오호, 물건이 되겠구먼.'

백장은 전혀 흐트러짐이 없는 그의 음성을 통해 그가 범상한 인물이 아님을 알아보았다. 하지만 그렇다고 시험도 없이 받아들일 수는 없는 노릇이었다.

"무엇 때문에 왔는가?"

백장이 그의 의중을 떠보았다. 대답 여하에 따라 그를 받아들일 것인지 내쫓을 것인지를 결정하게 될 것이다.

"다른 일로 왔겠습니까?"

그가 담담하게 대답했다. 빤한 일을 굳이 말해 뭐 하겠느냐는 말이었다. 백장의 얼굴에 희색이 만면했다. 쓸 만한 녀석이 하나 들어온 것이다.

❖

칠 척 거구의 그가 바로 황벽黃蘗이다. 모습은 흡사 마조와 닮았다고 했다. 소처럼 걷고 호랑이처럼 보았다는 뜻이다.

무슨 일로 왔는가?

백장이 그의 의중을 떠보는 소리다. 이 시험에 통과하지 못하면 제 아무리 뛰어난 용모를 지녔다 하더라도 내쫓김을 당한다.

다른 일이 아닙니다.

황벽의 이 담담한 대답, 이것이 백장을 감동시켰다.

깨달음을 얻고자 왔다든지, 아니면 도가 뭔지 알고 싶어 왔다든지 하는 말을 내뱉었다면 필시 내쫓김을 당했을 것이다. 그런데 되레 그가 백장에게 빤한 일을 왜 묻느냐고 되묻는다. 그 순간 백장은 황벽의 그릇 크기가 작지 않음을 확신했던 것이다.

제 새끼들 다 죽이겠습니다

백장이 대중을 모아놓고 불법의 위대함을 역설하고 있었다.

"불법이란 결코 가볍게 보아서는 안 된다. 한때 어린 시절에 나는 불법을 대수롭지 않게 생각했다가 마조 선사께 아주 호된 가르침을 받은 적이 있는데, 그때 할! 하는 한마디에 사흘 동안 귀가 멍멍해서 아무 소리도 들을 수 없는 지경이 되기도 했다."

백장의 법문이 끝난 뒤에 대중이 듣는 가운데 황벽이 말했다.

"스님, 저는 마조 선사를 뵙지도 못했지만, 앞으로도 전혀 뵙고 싶지 않습니다."

이 말에 백장이 눈이 동그래져서는 걱정스런 말투로 타일렀다.

"너는 앞으로 마조 선사의 뒤를 이어야 할 터인데, 그런 생각을 해서야 되겠느냐?"

그러자 황벽은 단호한 표정으로 다짐하듯이 말했다.

"저는 마조 선사의 뒤를 잇지 않겠습니다."

뭣이? 이 무슨 뚱딴지같은 소린가? 백장이 놀란 표정을 지으며 캐물었다.

"왜 그런 생각을 했느냐?"

황벽이 대답했다.

"마조 선사의 뒤를 이었다가는 앞으로 제 새끼들 다 죽이겠습니다."

제 새끼들 다 죽이겠다고? 그제야 백장이 황벽의 말뜻을 알고 고개를 끄덕이며 웃었다.

❖

가르침을 위해서는 여러 방도가 모색되겠지만 대개 엄한 방법이 택해지곤 한다. 스승이 제자에게 가르침을 주었는데도 알아듣지 못하면 야단을 치거나, 아니면 몽둥이로 때리기도 하였다. 하지만 엄한 가르침만이 능사는 아니다. 마조 선사가 아주 엄하게 제자들을 가르쳤다는 말을 듣고 황벽은 그것을 답습하려 하기보다는 다른 방법도 있다고 항변하고 있었던 것이다.

제 새끼들 다 죽이겠습니다.

황벽은 이 한마디로 가르침에 있어 엄하기만 해서는 안 된다는 점을 명백히 하고 있다. 그렇다고 해서 황벽이 결코 엄한 방법을 택하지 않았다는 것은 아니다. 다만 주관 없이 마조 선사 흉내를 내는 사람이 있을까 봐 미리 경계하고 있었던 것이다. 깨달음의 길에 있어 흉내를 내는 것은 곧 죽는 것이기에.

흉내를 일삼는 것은 결코 수행자다운 자세가 아니다. 선은 언제나 창조성과 실천성을 지향하고 있어야 하기 때문이다.

너는 어디에 있느냐

배휴라는 재상이 절을 찾아왔다. 그는 한 스님의 안내를 받으며 절을 이리저리 둘러보다가 벽에 그려진 그림을 보고 물었다.

"이건 무슨 그림입니까?"

스님이 대답했다.

"고승의 진영입니다."

그러자 배휴가 다시 물었다.

"그림에는 고승이 있는데, 절에는 어찌 고승이 보이지 않습니까?"

이 말에 그를 안내하던 스님은 얼굴이 빨개졌다.

'스님이 말귀가 어둡구먼.'

배휴가 다시 물었다.

"이곳에는 수행자도 한 명 없소이까?"

한참을 우물쭈물하다가 스님이 대답했다.

"근자에 찾아온 스님이 하나 있긴 합니다만……."

"그래, 그는 지금 어디 있습니까?"

"아마 법당을 청소하고 있을 겁니다."

"어디 한번 봅시다."

안내하던 스님이 법당을 청소하고 있던 수행자를 데려왔다. 배휴 앞에 우뚝 선 그 스님은 거대한 체구에 눈빛이 형형하여 위압감을 느끼게 하였다. 하지만 대당국의 재상인 배휴가 그 정도에 기죽을쏘냐? 배휴는 인사도 하지 않고 그림을 가리키며 그에게 대뜸 물었다.

"이 고승은 지금 어디 있소?"

그러자 그 스님이 우렁찬 음성으로 소리쳤다.

"배휴!"

그 소리에 배휴는 깜짝 놀라 자기도 모르게 "예" 하고 대답했다. 엉겁결에 대답은 했지만 배휴는 황당한 얼굴로 그를 노려보고 있었다.

'이런 고얀 놈이 있나! 감히 대당국의 재상인 나의 이름을 개 이름 부르듯 하다니?'

그러나 상대는 조금도 여유를 주지 않았다.

"지금 어디 있소?"

이 물음에 배휴는 아무 말도 못했다. 그리고 잠시 후 그에게 정중히 인사하며 말했다.

"제가 고승을 알아보지 못했습니다."

그 절의 스님들이 이 광경을 지켜보다 모두 함성을 내질렀다.

배휴가 다시 물었다.

"대덕께서는 왜 이런 곳에 묻혀 있습니까?"

왜 돼지우리 속에 진주를 박아놓고 있느냐는 말이렷다? 그러자 그가 되물었다.

"승상께서는 왜 이곳에 왔습니까?"

대덕을 만나기 위해 오지 않았느냐는 말씀. 배휴가 다시 한 번 고개를 숙였다. 그리고 법당을 청소하던 그의 이름을 물었다.

황벽!

◈

고승은 지금 어디 있느냐?

배휴가 이렇게 물었다.

그러자 황벽은 되묻는다.

당신은 지금 어디에 있느냐?

그림 속의 고승을 빗대어 진짜 스승이 될 만한 고명한 스님이 어디 있느냐고 묻자, 그것이 중요한 것이 아니라 당신이 지금 어디에 있는가 하는 것이 중요하다고 가르치고 있는 것이다.

배휴는 이 가르침을 알아들었다. 중요한 것은 남이 아니라 자신이다. 따라서 고승을 밖에서 찾을 것이 아니라 자기 속에서 찾아야

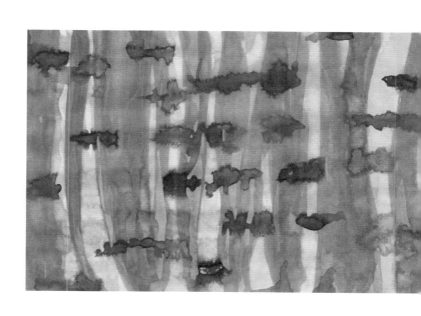

한다.

고승이란 곧 깨달음을 줄 만한 스승이다. 배휴는 그런 스승이 될 만한 사람을 찾고 있었던 것이다. 하지만 황벽은 스승은 자기 속에 있다고 가르친다. 그래서 자기 바깥에 있는 스승을 찾기 이전에 자기 속에서 스승을 찾으라고 말하고 있다.

하지만 우리는 항상 이 가르침을 간과하고 있다. 항상 스승을 찾아 밖으로만 돌고 있는 것이다. 자기라는 존재는 쓰레기장에 처박아둔 채 자기를 청소해줄 사람만 찾고 있다는 것이다.

하지만 황벽은 묻고 있다.

'너는 어디에 있느냐?'

부처님 이름 짓기

배휴가 다시 황벽을 찾았다. 그는 아주 작은 금불상을 하나 가지고 왔다. 그리고 황벽에게 말했다.

"이 부처님의 이름을 좀 지어주시겠습니까?"

그러자 대뜸 황벽이 말했다.

"배휴!"

배휴는 그가 자기 이름을 불러도 별로 개의치 않는 눈치였다. 이미 황벽을 스승으로 생각하고 있는 것이다. 비록 자기보다 나이 어린 스승이긴 하지만 말이다. 하긴 배움에 나이가 있겠는가?

"예."

배휴가 공손히 대답했다.

"됐습니까?"

황벽이 물었다.

뭐가 됐다는 거지? 배휴는 고개를 갸웃거리며 멀뚱멀뚱 젊은 스승을 쳐다보았다.

"이름을 지어줬잖습니까?"

그 말에 배휴는 비로소 깨우쳤다.

❖

그까짓 불상이 무슨 소용이 있어! 중요한 것은 바로 너 자신이야. 부처는 바로 너 자신이니까.

배휴의 깨달음이다. 당신은 혹 배휴처럼 불상에 이름을 달기 위해 고심하고 있지 않은가?

생각해보라.

생각해보라.

지금도 당신은 누군가를 우상으로 삼기 위해 고민하고 있지 않은지. 그리고 그 우상에게 당신을 내맡겨버리고 속 편하게 살기를 꿈꾸고 있지 않은지.

왕자의 뺨을 후려치다

당나라 선종이 왕자 시절에 황벽 문하에서 글을 배우고 있었던 때다. 그는 머리를 깎고 수행을 하다가 어느 날 궁금한 것이 있어 황벽에게 물었다.

"대사께서는 부처에 매달리지 말고, 법에도 매달리지 말고, 대중에게도 매달리지 말라고 가르치지 않았습니까?"

황벽이 대답했다.

"그랬지."

왕자가 다시 물었다.

"그런데 대사는 왜 매일같이 부처에 매달려 예배하십니까? 도대체 무엇을 구하시려고 그러시는 겁니까?"

황벽이 대답했다.

"부처에 매달리지도 않고, 법에 매달리지도 않고, 대중에 매달리지 않으면서 이렇게 예배한다."

이 말에 왕자는 이해할 수 없다는 표정을 지으며 다시 물었다.

"예배란 뭔가 구하기 위해 하는 것이 아닙니까? 안 그렇습니까?"

황벽이 대답 대신 왕자의 뺨을 후려쳤다. 칠 척 장신의 손바닥에 맞은 왕자는 뒤로 나자빠졌다. 왕자는 불만 섞인 음성으로 나무라듯이 말했다.

"나는 일국의 왕자인데, 대사의 행동이 너무 거칠지 않습니까?"

그러자 황벽은 대답 대신 또 그 큰 손으로 왕자의 뺨을 후려쳤다. 이번에는 얼마나 세게 때렸던지 왕자의 몸이 공중으로 떠올랐다 뒤쪽에 쿡 처박혔다. 왕자는 벌겋게 달아오른 얼굴로 겁에 질린 채 황벽을 올려다보더니 슬슬 뒷걸음질을 치다가 갑자기 벌떡 일어나 절 밖으로 달아나기 시작했다.

◈

예배란 존경심의 표시이지 결코 뭔가를 구걸하기 위한 행위가 아니다. 하지만 왕자는 황벽이 불상 앞에서 매일같이 예배하는 것을 보고 뭔가 구하기 위해 그렇게 한다고 생각하고 있었다. 그래서 나무라듯이 황벽에게 따져 물었다. 가르침과 행동이 일치하지 않는다는 것이다.

왕자가 황벽을 가르치듯이 행동하자 황벽은 그 큰 손으로 그의 뺨에 손자국을 냈다. 말이 필요 없었던 것이다. 망나니는 매가 약이라고 했던가. 그러자 이번에는 왕자가 권력을 내세우며 황벽에게 대항한다. 매로도 안 되는 놈은 내쫓으라고 했던가. 황벽은 있는 힘을 다해 그의 뺨을 다시 후려친다. 어린놈이 권력의 힘을 빌려 수행자의 자세를 저버리고 스승을 모독한 대가였다.

깨달음 앞에 왕손이 정해져 있었던가. 흔히 법 앞에 만인은 평등하다고 했지 않는가. 사회의 법은 비록 그 말을 지키지 못하고 있지만 깨달음의 법은 그러한 진리를 거역하지 않는다.

혜능은 나무꾼으로 6대 조사가 되었고, 혜장은 한낱 사냥꾼으로 마조의 10대 제자가 되지 않았던가. 예로부터 못난 소나무가 숲을 지킨다고 했다. 겉이 번듯하고, 태생이 귀할수록 오만방자하여 자만심을 드러내놓는 경우가 많은 법. 속이 오만으로 가득한데 어찌 자기 속을 볼 수 있는 눈을 가지겠는가?

속이 자만심으로 가득해지면 필시 그 자만심으로 다른 사람을 억누르는 것이 인간의 본성 아니던가. 자만심이란 병에는 매보다 좋은 약은 없을 터.

왕자들이여, 쓸데없는 자만심으로 뺨 맞는 일이 없기를.

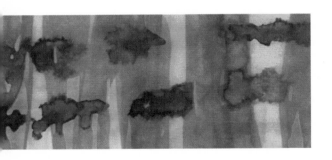

스승의 뺨을 때린 제자

목주睦州라는 스님이 임제臨濟에게 말했다.

"자네 이곳에 온 지 얼마나 됐나?"

"삼 년 되었습니다."

"그렇다면 황벽 스님에게 도를 물은 적이 있는가?"

"없습니다."

"그렇다면 지금 황벽 스님에게 가서 진정한 도가 무엇인지 물어보게나."

목주의 말에 따라 임제는 황벽의 방을 찾아갔다. 그리고 목주가 시키는 대로 말했다.

"스님, 진정한 도가 무엇입니까?"

그러자 황벽이 갑자기 임제의 뺨을 철썩 때렸다. 그 큰 손바닥에 맞고 나자 임제는 정신이 아득해지는 것 같았다. 그리고 도망치듯이 황벽의 방에서 물러나왔다.

황벽의 방에서 나온 임제를 불러 목주가 물었다.

"그래, 스님이 뭐라고 하던가?"

"아무 말도 않고 그냥 힘껏 제 뺨을 때렸습니다."

임제는 아직까지 화끈화끈 달아오르는 자신의 뺨을 어루만지며 울먹였다.

"그렇다면 다시 한 번 찾아가 똑같은 질문을 해보게."

목주가 이렇게 말하자 임제는 손사래를 치며 안 하겠다고 했다. 하지만 목주는 물러나지 않았다.

"혜가 선사는 팔 한쪽을 내주고 깨달음을 얻었거늘, 자네는 겨우 뺨 한 대 맞고 물러나는가?"

목주의 말에 힘을 얻어 임제는 다시 황벽의 방을 찾았다. 그리고 똑같은 질문을 하였다. 이번에도 황벽의 대답은 똑같았다. 철썩, 소리가 나더니 눈앞에 번갯불이 번쩍했다. 임제가 볼을 싸안고 자기 처소로 돌아가고 있는데 다시 목주가 다가와 말했다.

"이번에도 자네의 뺨을 치시던가?"

"예"

"그러면 한 번만 더 해보게나. 삼세번이라고 하지 않았는가."

이 말에 임제는 다시 황벽을 찾아갔다. 그러나 이번에도 역시 뺨만 한 대 얻어맞았을 뿐 황벽은 한 마디도 하지 않았다.

세 번이나 같은 질문을 했는데도 계속해서 뺨만 얻어맞은 임제는 황벽이 자신을 내치는 것으로 생각하고 짐을 꾸렸다. 이 사실을 안 목주는 황벽을 찾아갔다.

"오늘 스님께서 세 번이나 뺨을 치신 그 젊은이는 큰 그릇입니다. 하지만 그 사람은 지금 짐을 꾸리고 있습니다. 하직 인사를 하러 오거든 이번에는 뺨을 치지 마시고 한 마디 일러주십시오. 어린애는 젖으로 키워야 하지 않겠습니까? 너무 빨리 보리밥을 먹이면 탈이 날까 염려스럽습니다."

목주의 부탁을 받고 황벽은 웃으면서 고개를 끄덕였다. 그리고 목주가 나가고 잠시 후에 다시 임제가 황벽을 찾아왔다. 목주의 말대로 하직 인사를 하러 온 것이다.

"스님, 하직 인사하러 왔습니다."

"그래? 어디로 갈 건가?"

"아직 정하지 않았습니다. 우선 이 절을 빠져나가서 생각할까 합니다."

'이놈, 뺨 세 대에 완전히 기가 죽었구면.'

황벽이 임제의 얼굴을 쳐다보며 넌지시 웃었다.

"아직 갈 곳을 정하지 않았다니 하는 말이네만, 다른 데로 가지 말고 고안탄으로 가게. 그곳에 가면 자네의 문제를 풀 수 있을걸세."

고안탄이라면 대우大愚가 머물고 있는 곳이었다. 대우는 백장의 사제인 귀종歸宗의 제자였으므로 황벽과는 세속 촌수로 따지면 사촌뻘 되는 셈이었다.

임제는 그 길로 곧장 고안탄으로 달려갔다. 대우가 자신을 찾아온 임제에게 물었다.

"어디서 왔누?"

"황벽산에서 왔습니다."

"황벽이라? 그래, 왜 널 여기로 보내더냐?"

그러자 임제가 자초지종을 이야기했다. 그리고 이렇게 물었다.

"스님, 도대체 제가 무슨 잘못을 했기에 황벽 스님께서 저를 사정없이 쫓아냈는지요?"

이 말에 대우가 호통을 쳤다.

"이런 머저리 같은 놈! 황벽의 가르침을 그만큼 많이 받고도 내게 와서 그런 질문을 하느냐?"

'어, 이게 무슨 소리야?'

임제는 느닷없는 대우의 호통에 멍해지고 말았다.

"황벽이 너를 때린 것이 정녕 내쫓기 위함이라고 생각하느냐?"

대우의 그 말에 임제는 머릿속이 환해지는 느낌이었다. 그리고 왜 황벽이 자기를 대우에게 보냈는지 알 것 같았다. 임제는 갑자기 이렇게 중얼거렸다.

"황벽의 깨달음도 별것 아니구먼."

이 소리에 대우는 벌떡 일어서며 임제의 멱살을 잡았다.

"이놈! 뭘 봤느냐? 말해라, 말해!"

대우는 고함을 꽥꽥 질렀지만 임제는 그에게 멱살을 붙잡힌 채 히죽거리고 웃기만 하였다. 그리고 어느 순간 대우의 옆구리를 세 번 꾹꾹 찔렀다. 그때서야 대우는 임제가 깨달았음을 알고 멱살을 풀어주었다. 그리고 그에게 말했다.

"너는 황벽의 새끼니 황벽에게 돌아가라."

임제는 대우에게 하직 인사를 하고 다시 황벽산으로 돌아갔다. 황벽을 만난 임제가 절을 꾸뻑 하자 그가 호통을 쳤다.

"떠난 지 며칠이나 됐다고 벌써 왔느냐? 그렇게 왔다 갔다 해서 야 언제 깨달음에 이르겠느냐?"

"이렇게 돌아오는 것이 스님의 뜻 아닙니까?"

임제는 그렇게 되물으며 능청스럽게 황벽 면전에 앉았다. 뭔가

낌새를 느낀 황벽이 다시 물었다.

"그래, 대우가 뭐라고 하더냐?"

황벽이 그렇게 묻자 임제는 그 말을 기다렸다는 듯이 벌떡 일어나더니 느닷없이 황벽의 뺨을 후려쳤다.

"이 미친놈이 겁도 없이 호랑이를 물어?"

황벽이 그렇게 소리치자 임제는 태연하게 대꾸했다.

"대우 스님이 일러준 가르침입니다."

임제의 그 같은 태도에 황벽은 화난 음성으로 대우를 욕하기 시작했다.

"대우 이놈, 내 제자를 가르치라고 했더니 버릇을 더럽게 들여놨구나. 어디 두고 봐라. 내 앞에 나타나기만 하면 매운 맛을 보여주겠다."

그 말이 채 끝나기도 전에 임제는 다시 황벽의 뺨을 철썩 치면서 "매운 맛은 지금 보시지요!" 하고 소리쳤다. 그리고 연달아 황벽의 뺨을 한 번 더 후려쳤다. 세 대를 맞았으니 맞은 만큼 돌려준 것이다.

"이놈을 선방으로 끌고 가라!"

황벽은 비명을 지르면서 시자들에게 명령했다. 그리고 그가 시자들에 의해 선방으로 끌려가고 나자 뺨을 어루만지면서 혼잣말로 중얼거렸다.

"제자 두 놈만 가르쳤다간 맞아죽겠구먼."

❖

무엇이 진정한 도냐?

임제가 황벽에게 물은 말이다. 황벽은 이 물음에는 대답도 않고 그의 뺨을 후려쳤다. 참으로 성질 고약한 스승이다. 하지만 황벽이 아무나 때리는 것은 아니다. 필시 뭔가 가르침이 있다. 말보다도 더 분명하고 확실한 그 무엇. 그것을 임제는 대우를 만나고서야 비로소 깨달았다.

뭘? 도대체 뭘 깨달았을까? 뭘 깨달았기에 황벽의 깨달음도 별 것이 아니라고 단정할 수 있었을까?

임제는 분명 자신의 물음과 황벽의 행동을 되새겼을 것이다.

진정한 도가 뭐냐?

얼마나 어리석은 질문인가. 깨달음에 진정한 것이 있고, 그렇지 않은 것이 있었던가? 맞으면 아픈 것이 당연한 이치다. 도도 마찬가지다. 그 당연함을 넘어서는 것이 아니다. 도는 누구에게 뺨을 맞고 아픔을 느끼는 이치와 다를 바가 없다. 특별한 것이 아니다. 일상사가 모두 깨달음이다. 그 속에 도가 있다.

세 번을 맞고, 세 번 모두 아픔을 느꼈다. 그 아픔은 처음의 아픔과 별다를 것이 없다. 깨달음도 그렇다. 처음의 깨침이 나중 깨침보다 더 감동스러운 것은 아니다. 임제는 한참 만에 이것을 깨쳤다. 또한 스승에게 맞았다는 사실에 집착한 자신의 어리석음을 발견했다.

깨닫고 나니 아무것도 아니더라.

임제의 말이다.

그렇다. 진리는 사실 아무것도 아니다. 그다지 특별할 것도, 대단할 것도 없는 것이다. 그것을 어떤 특별한 범주 속에 가둬두면 절대로 진리에 접근할 수 없다. 물론 이것을 발견하기까지는 시간이 필요하다. 하지만 단순히 시간만으로는 해결할 수 없다. 지혜가 요구되는 것이다. 그리고 지혜의 가장 큰 요체는 역시 사물을 있는 그대로 보는 데 있다.

진리에는 계급이 없다. 따라서 진리를 여러 가지로 분리해서 생각하는 것부터가 잘못되었다. 진리에는 깊고 낮음이 없다. 자기의 내면적 깊이에 따라 깊고 낮음이 결정되는 것뿐이다. 하지만 진리 자체는 그대로 있다. 그것을 있는 그대로 보아야 할 것이다.

뺨 한 대의 법문

임제가 어느덧 황벽의 대를 이어 제자를 기르고 있었다. 한 스님이 그에게 물었다.

"스님, 진정한 불법이 뭡니까?"

그러자 임제는 느닷없이 그의 뺨을 갈긴 후 밀쳐버렸다. 그가 얼빠진 얼굴로 임제를 처다보고 있자 옆에 있던 다른 스님 하나가 그에게 넌지시 일러주었다.

"법문이 끝났는데 왜 절을 하지 않나?"

깨침은 깨지는 것이다. 깨침은 또한 밖에 있는 것이 아니라 안에 있는 것이다. 따라서 남에게서 불법을 얻으려 하는 것만큼 어리석은 행동은 없다. 임제는 그에게 그 점을 가르치고 있다. 단지 뺨한 대로.

딱!

두 제자가 임제에게 가르침을 얻고자 왔다. 임제는 그들을 보자 곧 옆에 있는 빗자루를 세워 보였다. 그러자 그중에 한 제자가 일어나 절을 했다.

딱!

빗자루 몽둥이가 제자의 머리를 때렸다. 그 광경을 지켜보던 나머지 한 제자는 절을 하지 않았다.

딱!

이번에도 역시 빗자루 몽둥이가 다른 제자의 머리를 때렸다. 두 제자가 영문을 모르고 멍하니 앉아 있자 임제는 다시 그들을 빗자루 몽둥이로 내려쳤다. 그리고 그들을 방에서 내쫓아버렸다.

◈

깨달음은 본질을 아는 일이다. 따라서 허상에 매달려 있으면 결코 깨달음에 이를 수 없다. 임제의 빗자루는 단지 허상에 지나지 않는다. 그것을 향해 절을 한 것은 곧 그 허상에 사로잡혀 정작 보아야 할 본질을 보지 못했다는 의미다.

그래서 딱!

그리고 앞 사람이 절을 해서 맞는 것을 보고 절을 하지 않은 것 역시 앞 사람처럼 절을 한 것과 다를 바가 없다.

그래서 딱!

그럼에도 불구하고 그들은 자신이 왜 맞았는지조차 모른다.

그래서 딱! 딱!

네 화로에 불이 있느냐

백장이 옆에 있는 제자에게 새삼스럽게 물었다.

"누구냐?"

옆에 서 있던 제자가 담담하게 대답했다.

"영우입니다."

백장이 제자를 쳐다보며 손가락으로 화로를 가리켰다.

"불이 있느냐?"

제자가 잠시 화로를 뒤적거려보더니 대답했다.

"꺼졌습니다."

그러자 백장은 손수 화로 속을 뒤적였다. 그리고 아주 자그마한 불씨를 하나 찾아내어 제자에게 보여주었다.

"이건 불 아니냐?"

제자는 스승의 이 말에 크게 깨달았다.

❖

영우는 위산潙山의 본명이다. 그에게 스승 백장이 물었다.

네 화로에 불이 있느냐?

다시 말해서 네 마음속에 불심이 있느냐, 깨달음이 있느냐는 뜻이다. 하지만 위산은 알아듣지 못했다. 위산은 단지 화로에 불이 있느냐고 묻는 줄만 알았다. 그래서 화로를 뒤적인 뒤에 화로 속에는 불이 없다고 했다. 그러자 스승 백장은 손수 화로 속을 뒤져 작은 불씨 하나를 찾아냈다. 그리고 다시 물었다.

이건 불이 아니냐?

아무리 작은 불씨라도 불이 아니라고 말할 수는 없다. 곧 아무리 작은 깨달음이라도 깨달음이 아니라고 말할 수 없다는 것이다. 불씨 하나가 거대한 불길로 자랄 수 있다는 것은 삼척동자도 아는 일이다.

백장은 위산에게서 작은 불씨를 발견했지만 위산은 자기 속에 그런 불씨가 들어 있는 줄 깨닫지 못했다. 백장은 위산에게 그것을 가르쳐주기 위해 이와 같은 비유를 사용했던 것이다.

백장은 자상하게도 제자에게 이렇게 덧붙여주었다.

때가 되면 어둡던 자도 깨닫게 되느니
깨달음이란 밖에 있는 것이 아니라 자기 안에 있는 것이다.

불씨!
누구에게나 이것은 있게 마련이다. 다만 그것이 자기 속에 있음을 발견하지 못할 뿐이다. 또한 그 불씨를 발견하고도 그것이 불길이 될 수 있음을 모르는 것뿐이다.

불씨!

물병은 물병인가

백장이 위산에게 법을 전하고 주지 자리를 물려주려고 하자 수제자인 화림華林이 따져 물었다.

"제가 맏상좌인데 어째서 위산에게 법을 전하십니까?"

세속으로 따지면 틀린 말은 아니었다. 말하자면 장자가 아버지의 대를 잇는 것이 당연하지 않느냐는 논리였다. 하지만 백장의 생각은 달랐다. 깨달음을 전수하는 일은 세속에서 권위를 물려주는 것과 다르기 때문이다. 그렇지만 제자의 그 같은 반발을 무마시킬 필요는 있었다. 그래서 문제를 냈다.

"만일 네가 대중 앞에서 너의 성장을 증명한다면 네게 주지 자리를 주마."

그렇게 말한 후 백장은 대중을 모아놓고 말했다.

"저기 물병이 있다. 저것을 물병이라고 불러서 안 된다면 무엇이라 부르겠느냐?"

대중 가운데 있던 화림이 나서며 대답했다.

"나무라고 부를 수도 없지요."

그 말에 백장은 고개를 가로저었다. 그 정도로는 안 된다는 것이다. 그때 위산이 일어났다. 대중은 위산이 무슨 말을 할 것인지 궁금한 눈초리로 기다렸지만 위산은 아무 말도 하지 않았다. 그는 그저 앞으로 성큼성큼 걸어가더니 사정없이 물병을 걷어차버렸다.

그때서야 백장은 호탕하게 웃으며 고개를 끄덕였다.

❖

말은 곧 덫이다. 화림은 바로 백장이 쳐놓은 덫에 걸려들었다.

꽃을 꽃이라 부르지 않으면 무엇이라고 불러야 하겠느냐?

백장의 물음이었다. 화림이 이 물음 속에 있는 덫에 걸리고 말았다. 말하자면 말의 밧줄에 걸리고 만 것이다.

꽃을 꽃이라 한들, 아니면 잡초라 한들 무슨 의미가 있겠는가? 그것은 단지 인간들이 자신들의 편의를 위해 만들어놓은 말에 불과하지 않은가? 꽃을 꽃이라고 하지 않아도 꽃은 그대로 자기 자신일 뿐이다. 물병인들 다르겠는가?

껍데기는 중요하지 않다는 뜻이다. 중요한 것은 본질이다. 인간이 아무리 지구가 네모나다고 부르짖어도 지구의 모습이 변하는 것은 아니다. 또 인간이 우주의 모습을 세모라고 규정했다고 해서 우주가 세모가 되는 것은 아니다. 그리고 인간이 꽃을 꽃이 아니라고 말한다고 해서 꽃이 사라지거나 변하는 것은 아니다. 물병도 마찬가지가 아니겠는가? 물병을 물병이라고 부르지 않아도 사람들은 그곳에 물을 담아 먹을 것이기 때문이다.

위산은 그 본질을 보고 있었다. 그래서 그까짓 이름이 뭐 중요한가라고 부르짖으며 물병을 차버렸던 것이다. 다시 말해 앞에 놓여 있는 허상을 없애버린 것이다.

문득 생각나는 시구가 있다.

내가 너의 이름을 부르기 전에는 너는 꽃이 아니었다.
내가 너의 이름을 불렀을 때 너는 비로소 꽃이 되었다.

모든 물상을 인간적 의미로 해석하는 것. 피히테라는 철학자가 주창한 주관적 관념론이라 했던가? 그러나 선사들은 언제나 본질을 보라고 소리치고 있다. 그 겉모양이 어떻게 포장되었든, 그것을 인간들이 어떻게 부르든, 인간들이 그것에 대해 어떤 인상을 가지고 있든.

똥은 똥인 것이다.

똥을 똥이 아니라고 해도 똥은 냄새나는 배설물인 것이다.

그러므로 똥은 단지 자유인 것이다.

자유로운 존재인 것이다.

꽃인들 예외일 수 있겠는가.

세수나 하시지요

위산이 낮잠을 자다가 인기척을 듣고 깼다. 제자 혜적慧寂이었다. 그래서 위산은 그를 떠볼 양으로 벽을 향해 돌아누웠다. 이를 이상하게 여긴 혜적이 물었다.

"스님, 어디가 불편하십니까?"

"아니, 꿈을 꾸고 있던 중인데 아직 끝나지 않아서 마저 꾸는 중이야. 무슨 꿈인지 말해주랴?"

이에 혜적이 말없이 밖으로 나가더니 세숫대야에 물을 떠가지고 돌아왔다.

"스님, 세수나 하시지요."

이놈! 다 컸구나.

위산은 너털웃음을 쏟아내며 흥겹게 세수를 했다.

❖

혜적은 앙산仰山의 법명이다. 그의 성장 정도를 알아보기 위해 위산이 덫을 놓았다.

무슨 꿈인지 알고 싶으냐?

하지만 앙산은 넘어가지 않았다. 그까짓 꿈이 무슨 꿈이면 어떠랴? 말 그대로 단지 꿈인 것을. 앙산은 그런 뜻으로 세숫물을 떠왔다. 그런 개꿈 이야기로 제자를 시험할 생각 말고 세수하고 정신 차리라는 꾸지람이 아니고 무엇인가.

자기의 낚싯밥에 걸려들지 않은 제자를 바라보며 즐거워하는 위산과 슬기롭게 스승의 덫을 피해가는 앙산의 행동 속에서 사제 간의 훈훈한 정이 느껴진다.

위산 스님, 앞으론 개꿈 이야기는 그만하슈.

앙산의 옹골찬 항변이다.

덫

위산이 차밭에서 잎을 따다가 앙산을 불렀다.

"혜적아, 혜적 어디 있느냐?"

앙산이 대답했다.

"예, 스님. 저 여기 있습니다."

위산이 다시 앙산을 부르며 말했다.

"어찌 네 모습은 보이지 않고 목소리만 들리느냐? 내게 네 본모습을 보여주지 않겠느냐?"

그러자 앙산은 모습은 드러내지 않고 차나무를 흔들었다. 자기가 있는 곳을 알리기 위함이었다. 이를 보고 위산이 말했다.

"너는 작용만 알고 본체는 보지 못했구나."

사물을 전체적으로 보지 못한다는 스승의 꾸지람이었다. 하지만 앙산은 물러서지 않았다.

"그러는 스님은 어떻습니까?"

스승님은 작용과 본체를 한꺼번에 인식하고 있느냐는 되물음이었다. 이 물음에 위산은 아무 말도 하지 않았다. 자기가 놓은 덫에 스스로 걸려들었던 것이다. 그때 앙산이 다시 말을 이었다.

"스님은 본체는 보고 작용은 깨닫지 못하셨군요."

위산의 덫을 교묘하게 피해가는 앙산의 논리였다. 위산이 앙산의 말에 흡족해하며 큰 소리로 웃었다.

"너 오늘 밥값 했다."

❖

선사들은 어느 장소에서건 제자를 시험하곤 했다. 특히 생활 속에서 불현듯 화두를 던져 상대방의 허를 찌르는 수법을 좋아했다. 위산 역시 앙산 혜적에게 그런 행동을 많이 하였다. 하지만 앙산은 좀처럼 위산의 덫에 걸리지 않았다.

너의 참모습을 보여다오.

위산이 차밭에서 앙산에게 요구한 것이었다. 그러자 앙산은 얼굴도 내밀지 않은 채 차나무만 흔들었다. 아무도 자신의 본체는 보여줄 수 없는 법이다. 다시 말해 깨달음이란 남에게 보여줄 수 있는 것이 아니라는 뜻이다. 그래서 앙산은 차나무를 흔드는 것으로써 자기가 있는 곳을 알리기만 하였다. 그러자 위산이 기다렸다는 듯이 말했다.

너는 작용만 알고 본체는 보지 못했구나.

말로써 덫을 친 것이다. 하지만 앙산은 그의 덫에 걸려들지 않았다. 오히려 그는 스승의 말을 되받아 덫을 쳤다.

그러면 스승님은 본체는 보고 작용은 깨닫지 못했군요.

본체와 작용은 본래 둘이 아니다. 이것은 유기적으로 결합되어 있어 본체를 보고 작용을 알아내고, 작용을 통해 또 본체를 볼 수 있어야 하는 것이다. 앙산은 그 이치를 잘 알고 있었다. 물론 위산도 마찬가지였다.

덫에 걸리지 않은 앙산을 처다보며 위산은 기분 좋은 웃음을 쏟아냈다. 웃음은 곧 서로 통했다는 징표다. 즉, 상대방을 인정한다는 것이다.

흔히 우리는 사물의 이치를 논함에 있어 본질만을 중시하거나 또는 사물의 형태나 운동만을 중시하는 경우가 많다. 그래서 이오니아의 철학자 파르메니데스는 만물은 움직이지 않는다고 했고, 또 헤라클레이토스는 모든 것은 흐른다고 했다. 이를 플라톤이 합치시켜 항상 흐르는 것과 절대로 변하지 않는 것으로 분리해서 설명했다. 곧 항상 변하는 현상계와 절대 불변하는 이데아계다.

표현만 다를 뿐 위산과 앙산의 대화는 플라톤의 이데아와 현상계 개념과 크게 다르지 않다. 또한 성리학의 이理와 기氣의 개념과도 멀지 않다.

자칫하면 선을 행한다는 것이 어떤 초월적인 힘에 접근하는 행위라고 생각하기 십상이다. 하지만 선이란 자연과 그 속에 있는 만물의 원리를 알아내는 것 이상도 이하도 아니다. 위산과 앙산의 대화는 우리에게 그 점을 일깨우고 있다.

그대는 산을 모르는구먼

선객 하나가 앙산을 찾아왔다. 앙산이 그에게 물었다.

"어디서 왔는가?"

선객이 대답했다.

"여산에서 왔습니다."

여산은 경치가 아름답기로 유명한 곳이다. 특히 다섯 노인이 서 있는 것 같은 형상을 한 오로봉은 손꼽히는 명승지다. 이런 사실을 빌어 앙산이 그에게 그물을 던진다.

"오로봉에서 놀아본 적이 있는가?"

이 말은 흡사 조주 선사가 그의 제자에게 '이곳에 와본 적이 있는가?' 하고 묻는 것 같다. 하지만 선객은 이 말의 진의를 알아채지 못했다.

"가보지 못했습니다."

선객이 이렇게 대답하자 앙산은 빙긋이 웃으면서 말했다.

"그대는 산을 모르는구먼."

"……?"

선객은 더 이상 말을 붙이지 못하고 스스로 물러갔다.

❖

선사들은 언제나 자신을 찾아온 선객을 그냥 맞이하는 법이 없

204

었다. 반드시 화두를 던져 이를 알아내면 대화를 나누고 알아듣지 못하면 내쫓아버린다.

앙산도 예외는 아니었다. 자신의 명성을 듣고 선담을 나눠보겠다고 찾아온 선객에게 관례적으로 묻는 것은 '어디서 왔는가?'였다. 그러자 그가 여산에서 왔다고 했다. 그가 여산에서 왔다는 말에 착안하여 앙산은 그에게 화두를 던진다.

오로봉에 가보았는가?

여산에서 가장 뛰어난 절경인 '그곳을 가보았는가' 하는 물음은 곧 '깨달음을 얻었는가'라는 것으로 해석될 수 있다. 하지만 선객은 그저 가본 적이 없다고만 말했다. 말귀를 알아듣지 못한 것이다. 말귀를 알아듣지 못하는 자에게 깨침이란 없다. 이것은 그야말로 선사들에겐 불문율이었다. 그래서 실망스런 음성으로 앙산이 빈정거렸다.

자네, 산을 즐겨본 적이 없구먼.

다시 말해 깨침의 참맛을 아직 느끼지 못했다는 뜻이다. 그런데 선객은 이 말도 알아듣지 못했다. 남은 일은 단 하나, 내쫓기는 것뿐이다.

어떤 이는 시詩를 '절에서 쓰는 말'이라고 한다. 말씀 언言＋절 사寺＝시詩라는 해석인 것이다. 이는 곧 화두를 말함이다. 시를 '절에서 쓰는 말'이라고 해석한 연유는 화두와 시가 모두 상징으로 이루어져 있기 때문이다. 특히 화두에서의 상징은 상황에 따라 달라지는 특징을 보이고 있어 어쩌면 그것은 시의 절정이라고 해도 과언이 아닐 것이다. 왜냐면 문예적 아름다움과 깨달음이 합치되어 상징으로 표현되고 있기 때문이다.

앙산의 '오로봉' 역시 상징적인 선택이다. 여산에서 왔다는 말에 착안하여 그곳에서 가장 아름다운 곳을 절대 경지로 설정하고 그물을 던졌던 것이다. 하지만 결과는?

'그대는 산을 모르는구먼.'

황벽

　황벽黃蘗은 위산과 더불어 백장의 가장 뛰어난 제자로, 법명은 희운希運이다. 그의 생몰연대는 확실하게 밝혀지지 않았으나 대략 770년을 전후해서 복주福州 민현閩縣에서 태어났을 것으로 추정되며, 847년에서 860년 사이에 죽었다고 전해진다.

　그에 관한 이야기는 《송고승전》 20권과 《조당집》 16권, 《전등록》 9권 등에 전하고 있으며, 《전심법요傳心法要》, 《완능록》 등과 같은 책이 그의 저서로 알려져 있다.

　그가 거주했다는 홍주의 황벽산이 어디였는지는 분명치 않으며, 배휴裴休와 처음 만난 곳이 홍주의 개원사였는지도 정확하게 알 수는 없다.

　《조당집》에 실려 있는 황벽의 설법은 매우 날카롭고 비판적이다. 그는 진정한 선이 무엇인가에 골몰했으며, 제자들에게도 선의 참의미에 대해 역설했다. 그 결과 임제라는 걸출한 제자를 배출할 수 있었다. 그리고 임제는 중국 선종의 대표적인 종단인 임제종을 열었다.

임제

　임제臨濟는 황벽의 제자로 본래 법명은 의현義玄이다. 그의 속성은 형邢씨이고 산동의 남화南華에서 태어났다. 출생 연대는 정확히 알 수 없지만 805년을 전후해서 태어났을 것으로 추정된다.

　그에 관한 이야기는 《조당집》 19권, 《송고승전》 12권 등에 수록되어 있으며, 그의 설법집인 《임제록》은 '어록의 왕'이라고 불릴 정도로 불가에서 많이 애독되었다.

임제는 임제종의 창시자이기도 하다. '임제'라는 종명은 그가 강서에서 스승 황벽의 불법을 이어받은 후 하북성 진주鎭州의 호타하 강변에서 임제원을 짓고 학인들을 지도한 데서 비롯됐다.

임제의 특징은 일체의 전통과 권위를 인정하지 않고 현실 생활에 입각하여 스스로가 주체가 되어 진리에 도달해야 한다는 입장을 고수하고 있다는 점이다. 이 같은 임제의 관점이 확대되어 임제종의 종지가 되었고, 이후 강인하고 주체적인 임제종의 선사상은 하북인들의 무인 기질과 어우러져 중국 선종을 이끌어가는 중추적인 역할을 하게 된다.

위산

위산潙山은 황벽과 더불어 백장의 수제자다. 그는 복주 장계長溪, 복건성 사람으로 771년에 태어났으며 속성은 조趙씨다. 열다섯 살에 출가하여 영우靈祐라는 법명을 얻었으며 후에 위산에 머물며 제자를 양성하여 앙산 같은 걸출한 인물을 배출했다. 그 결과 중국 5대 선종 중 가장 먼저 일어난 위앙종이 탄생함으로써 그는 위앙종의 조사가 되었다.

위산이 백장의 문하에서 수학하여 법을 깨닫게 된 이야기는 《전등록》 9권에 전하고 있다. 또한 《조당집》 16권의 〈영우전〉에는 그의 출몰연대를 비롯한 비교적 상세한 행장을 기록하고 있다. 이 책에 따르면 그의 문하에는 약 1,500여 명의 수행자가 있었으며, 그는 84세가 되던 854년에 죽었다고 한다.

앙산

앙산仰山은 위산의 법을 이어 위앙종潙仰宗을 개창한 인물이다. 그는 807년에 광둥성 소주韶州에서 태어났으며 속성은 엽葉씨다. 18세에 혜충의 제자 탐원眈源에 의해 출가하였고, 23세에 위산을 만나 깨달음을 얻었으며, 15년 동안 위산 밑에 있었다. 이후 위산의 가르침을 받들어 제자들을 양성하여 위앙종을 세움으로써 마조 계통의 첫 번째 종단을 탄생시켰다. 그리고 883년 77세를 일기로 세상을 떴다.

그에 관한 이야기는 육희성陸希聲이 지은 《앙산통지대사탑명仰山通智大師塔銘》과 《조당집》 18권, 《송고승전》 12권 등에 전하고 있다.

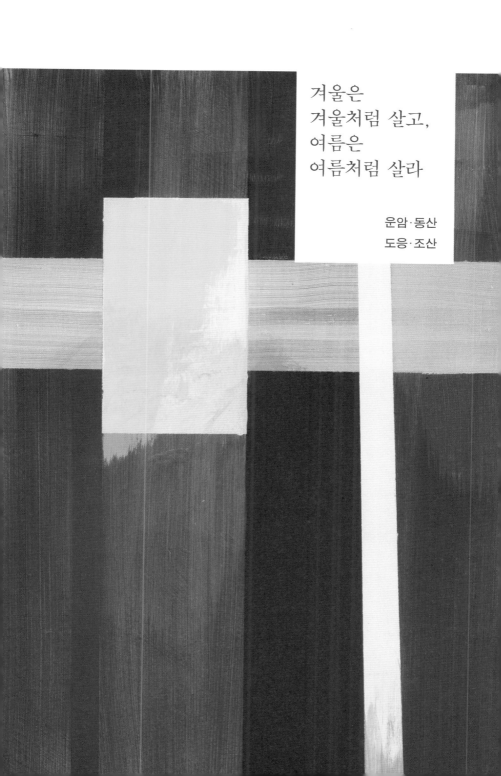

겨울은
겨울처럼 살고,
여름은
여름처럼 살라

운암·동산
도응·조산

늦으면 깊지요

운암雲巖이 마조의 제자 지상智常을 찾아갔다. 지상은 운암을 보더니 갑자기 활시위를 당기는 시늉을 했다. 이에 질세라 운암은 칼을 빼 화살을 쳐내는 시늉을 했다. 그러자 지상이 소리쳤다.

"너무 늦었어!"

하지만 운암도 물러서지 않았다.

"늦으면 깊은 법이지요."

이 소리에 지상이 껄껄 웃었다.

❖

가르침을 받기 위해 온 젊은 운암에게 지상이 장난기 섞인 화두를 던졌다. 이에 질세라 운암이 맞받아친다.

너무 늦었어.

지상이 운암의 느린 대응을 질책한다. 활을 쏘았으니 칼을 빼는 것보다야 피하는 게 빠르지 않겠느냐는 뜻이기도 하다. 하지만 운암은 물러나지 않는다.

늦으면 깊지요.

빠른 것이 능사라고 생각하는 지상의 허를 찔렀다. 빠르지 않으면 살아남지 못한다고 생각한 선사들의 지나친 자기 확신을 정면으로 꿰뚫은 것이다.

재치 있는 빠른 깨달음.

선사들은 늘 그것을 강조해왔다. 하지만 운암은 빠르면 깊지 못하다고 비판하고 있다. 흔한 말로 영리한 사람은 재치는 있을지언정 덕이 없다고 한다. 덕은 곧 넓은 아량에서 나오는 것이다. 그리고 그 넓은 아량은 사려 깊은 생각에서 나온다. 깨침에 있어서도 마찬가지다.

빠른 것이 능사는 아니다. 빠른 것보다 더 중요한 것은 자기를 바로 헤아리는 것이다. 다른 사람을 발 빠르게 따라잡는 데 여념이 없다 보면 결국 자기는 없다. 하지만 자기가 없으면 그 재빠른 행동이 무슨 소용이 있겠는가? 누구를 위한 행동이란 말인가? 빠른 것만을 강조하는 20세기에 우리는 자신을 우뚝 세우고 느림의 힘을 한번 깨달아보아야 하지 않겠는가.

운암이 지금 너무나 빠르게 앞만 보고 달려가고 있는 사람들에게 이렇게 말하고 있다.

'빠르면 깊지 못해!'

초목의 법문은 초목이 듣는다

동산洞山이라는 제자가 운암에게 물었다.

"스님, 초목의 법문은 누가 듣습니까?"

운암이 대답했다.

"초목의 법문은 초목이 듣는다."

"스님께서는 초목의 법문을 듣습니까?"

"내가 들었다면 그대는 내 법문을 듣지 못할 것이다."

그러자 동산이 단정적으로 말했다.

"그러면 저는 스님의 법문을 듣지 못하겠습니다."

운암이 꾸짖듯이 말했다.

"사람 법문도 듣지 못하면서 어떻게 초목의 법문을 듣겠다는 것이냐?"

동산은 이 말에 퍼뜩 깨쳤다.

❖

초목이 법문을 한다?

다소 생소한 표현으로 들릴 것이다. 하지만 인간보다 산천초목이 더 정확하게 진리를 알고 있다는 말은 틀린 말이 아니다. 지상의 많은 물상 중에 인간은 유난스럽게 자연의 이치에 역행하려고 노력한다. 그래서 여름엔 겨울처럼 살기를 원하고 겨울엔 여름처럼 살기를 원한다.

그러나 이 같은 역행은 결국 인간 스스로를 파멸로 몰고 가는 일일 뿐이다. 겨울을 겨울처럼 살고, 여름을 여름처럼 사는 것이 곧 인간이 인간처럼 사는 일이라는 것이다.

인간은 죽음을 피하기 위해 숱한 노력을 기울여왔지만 단 한 번도 이를 성공시킨 적이 없다. 그처럼 인간의 역행이라는 것이 자연의 진리에 비하면 한낱 먼지 한 알에도 미치지 못한다는 뜻이다.

초목이 법문을 한다.

즉, 초목의 삶을 통해 만물의 이치를 터득한다는 것이다.

동산은 출가 초기부터 이 말에 매달려 있었다. 그래서 남전을 찾아갔고, 또 위산을 방문하고, 예능禮陵을 배알했지만 깨침을 얻지 못했다. 그러다가 운암을 만나고서야 비로소 깨달음에 도달할 수 있었다.

사람의 법문을 바로 알면 그것이 곧 자연의 법문을 듣는 것이다. 이것이 동산이 깨달은 초목의 법문이다.

사람의 법문도 듣지 못하면서 어떻게 초목의 법문을 들으랴?

운암의 이 한마디로 인해 동산은 문이 열렸던 것이다. 그리고 이렇게 자기의 깨달음을 시로 읊는다.

사람의 말을 들을 수 있으면 초목의 말도 들을 수 있다.

하지만 자기의 말을 듣지 못하면

사람의 말도 들리지 않고 초목의 말도 들리지 않으리라.

내가 곧 그다

운암의 임종에 직면하여 동산이 물었다.

"스님, 스님이 가신 후에 누군가가 '스님을 아느냐'고 물으면 어떻게 대답할까요?"

운암이 대답했다.

"'내가 바로 그다' 하고 말해라."

그리고 운암은 죽었다. 하지만 동산은 운암의 말을 이해하지 못했다.

'어째서 내가 운암이란 말인가?'

동산은 이 문제를 놓고 오랫동안 고민하였다.

그리고 3년이 지난 어느 날이었다. 그는 신산이라는 도반과 함께 위산으로 가고 있었다. 어느 계곡에 이르러 개울을 하나 건너게 되었는데, 동산은 목이 말랐는지 흐르는 개울물에 얼굴을 디밀고 물을 들이켰다. 그는 물을 먹고 나서 물에 비친 자신의 모습을 보았다. 그의 얼굴은 금세라도 물에 떠내려갈 것처럼 흐느적거리고 있었다. 그리고 그 얼굴 너머에는 깨끗한 자갈들이 함께 흐느적거리고 있었다. 또 그 물 속에는 계곡의 그림자가 비쳐 자신과 함께 흐느적거리고 있었다.

한참 동안 물속을 들여다보고 있던 동산이 갑자기 큰 소리로 웃기 시작했다. 마치 실성한 것처럼 한동안 그의 웃음소리는 끊이지 않았다. 이에 놀란 그의 도반이 소리쳤다.

"이보게, 무슨 일인가?"

그러자 동산은 계속해서 "알았다! 알았어!" 하고 반복해서 외쳐 댔다.

❖

동산은 그제야 비로소 스승의 가르침을 깨우쳤던 것이다.

나와 그가 다르지 않고

나와 만물이 둘이 아니다

절대로 밖에서 찾으려고 하지 말라

밖에서 구하면 더 멀어질 뿐이다

모든 것은 내 속에 있다

나도 그도 산천도

운암은 이처럼 죽어서도 제자를 가르쳤던 것이다. 죽기 전에 화두를 하나 던져놓고 아무 해설도 없이 죽음으로써 제자 스스로 자신의 문제를 풀 수 있도록 배려했던 것이다.

그리고 동산은 그가 죽은 지 3년이나 지난 뒤에 비로소 이렇게 말했다.

'그는 나다.' 그렇지만 '나는 그가 아니다.'

자신의 독립을 이렇게 알렸다.

나는 지금 여기에 있다

한 제자가 동산에게 물었다.

"스님, 제가 죽으면 비로자나부처님과 석가부처님과 미륵부처님 중에 어느 곳에 머물게 됩니까?"

동산이 무덤덤하게 대답했다.

"나는 지금 여기에 있다."

"……?"

❖

자기 속에 깨달음이 있다. 그러므로 스스로가 바로 부처다. 그런데도 우리는 끊임없이 바깥에서 부처를 찾고 있다. 그리고 바깥에서 안식처를 찾고 있다. 그러다 보니 결국 옛 부처에게서 자신을 찾게 되는 것이다.

그러나 중요한 것은 자기 자신이다. 옛 부처는 갔다.

옛 부처가 자신의 깨달음을 대신할 수는 없다는 것이다. 동산은 그런 의미로 말했다.

지금 내가 여기에 있지 않느냐.

추위도 더위도 없게 하는 법

눈보라가 몰아치는 겨울이었다. 더군다나 절간은 산속이라 추위가 한층 더했다. 바깥에서 몸을 떨다가 온 제자 하나가 동산에게 물었다.

"스님, 추위나 더위를 어떻게 피하면 좋겠습니까?"

동산이 웃으면서 대답했다.

"그야 추위도 더위도 없게 하면 될 게 아니냐."

누가 몰라서 묻나? 불가능한 일이니까 그렇지.

제자가 의아한 표정으로 다시 물었다.

"그러면 추위도 더위도 없게 하려면 어떻게 해야 합니까?"

"추울 때는 자신을 더욱 춥게 하고 더울 때는 자신을 더욱 덥게 하면 되지."

이 말에 제자는 그만 말문이 막히고 말았다.

❖

자연을 이기는 법이 있겠는가?

제자가 동산에게 이렇게 물었다.

자연을 이기는 법!

물론 있다. 그리고 간단하다. 자연을 이기기 위해서는 자연을 애써 이기려 하지 말고 즐기면 된다. 그러면 더위도 잊을 수 있고,

추위도 잊을 수 있다. 어째서 추운 겨울을 춥지 않게 지내려고 애쓰는가? 겨울은 추워야 제 맛이고 여름은 더워야 제 맛이 아닌가. 문제는 바로 그 당연한 이치를 역행하려는 마음에 있다. 그 마음을 없애버리라. 그리고 추위와 더위를 즐기라.

여름은 더워서 못살겠고, 겨울은 추워서 못살겠다고 엄살떨지 말고 여름은 더워서 좋고, 겨울은 또한 추워서 좋다고 생각하라. 이기는 것만이 능사가 아니다. 이기는 것보다 더 멋있는 것은 즐기는 것이다. 그리고 하나가 되는 것이다. 그래서 여름엔 자연과 함께 여름이 되고, 겨울엔 자연과 함께 겨울이 되라!

모든 계절이 곧 그대이니.

세상에서 가장 큰 떡

한 선객이 절에 놀러 왔다가 스님들을 상대로 문제를 냈다.

"우리 집에 작은 솥이 하나 있는데 거기에 떡을 찌면 세 명이 먹기엔 부족하지만 천 명이 먹으면 남습니다. 그 이유를 아시는 분 있습니까?"

선객의 질문에 대중은 아무 말도 하지 못했다. 그때 멀찌감치 앉아 있던 노스님이 말했다.

"항상 자기 배만 채우고 나눠먹어본 적이 없는 사람에겐 항상 음식이 모자라는 법일세."

그러자 선객이 말했다.

"그렇습니다. 서로 다투면 항상 부족하고, 사양하면 남는 법이지요."

이번에는 노스님이 그 선객에게 문제를 냈다.

"그러면 세상에서 가장 큰 떡이 뭔 줄 아십니까?"

이 물음에 선객이 선뜻 대답을 하지 못하자 노스님이 말했다.

"입 안에 있는 떡이겠지요."

❖

그 노승이 도응_{道應}이다.

그는 선객이 낸 수수께끼를 응용해 화두를 던지고 있다.

입 안에 있는 떡이 세상에서 가장 큰 떡이다?

다시 말해 먹을 수 없는 떡이 아무리 크다 한들 무슨 소용이 있겠느냐는 의미다. 자기가 맛을 볼 수 있는 떡, 곧 자기의 깨달음만이 자기에게 쓸모가 있다는 뜻이기도 하다.

우리는 곧잘 남의 떡이 커 보인다는 말을 한다. 하지만 남의 입에 있는 떡으론 절대로 떡 맛을 알지 못한다. 자기 입으로 직접 맛을 본 떡만이 자기 떡이 되는 것이다.

깨달음도 매한가지다. 아무리 작은 깨달음이라도 자기 스스로 깨달은 것이 가장 큰 깨달음인 것이다.

너는 무슨 경전이냐

제자 하나가 경전을 읽고 있는데 도웅이 다가가서 물었다.
"무슨 경전이냐?"
제자가 대답했다.
"유마경입니다."
그러자 도웅이 다시 말했다.
"뭘 읽느냐고 물은 것이 아니고 넌 무슨 경전이냐 말이다."
이 말에 제자는 퍼뜩 깨쳤다.

무슨 경전이냐?
도웅이 난데없이 경전에 열중하고 있는 제자에게 한 질문이다.
그러면 당연히 누구라도 자기가 읽고 있는 경전의 이름을 댈 것이
다. 그러자 도웅이 답답한 표정으로 다시 묻는다.
넌 무슨 경전이냐?
다른 이가 쓴 경전에만 매달리지 말고 네 자신에게 매달리라는
뜻이다.

'네가 곧 경전이다.'

그러니 또 무슨 경전을 찾고 있느냐?

자기 자신 속에 경전이 있지 않은가.

경전이나 선사들의 말을 우상으로 만들어버리면 경전도 죽고, 선사도 죽고, 그것을 읽는 나도 죽는다. 무엇보다 중요한 것은 깨달음을 자기 것으로 만드는 것이다. 왜냐하면 자기 자신보다 좋은 경전은 없으니까.

젊은 보살

조산曹山에게 마을의 한 젊은이가 찾아왔다. 그는 울상을 지으며 조산에게 도움을 청했다.

"스님, 저는 가난하고 외롭게 사는 사람입니다. 게다가 아는 것도 없습니다. 어떻게 하면 구원을 얻겠습니까?"

그러자 조산은 대답은 않고 그 젊은이에게 넙죽 절을 하며 소리쳤다.

"젊은 보살님!"

날더러 보살이라니?

젊은이는 어리둥절한 얼굴로 조산을 내려다보았다.

"천하에 좋은 것은 다 가지고 계시면서 어찌 아무것도 없다고 하십니까?"

❖

　가난하고 외로운 청년. 그는 지식에도 물들지 않은 순진한 사람이었다. 이 좋은 것을 두고 또 무엇을 더 얻으려 하는가. 조산이 젊은이에게 절을 한 이유이다.

　보살이 따로 있는가? 자신을 아는 자가 곧 보살이 아니고 무엇이겠는가. 조산은 이 점을 젊은이에게 강조하면서 이렇게 불렀다.

　오, 젊은 보살님!

　자기를 구원할 사람은 자기 바깥에 있지 않다. 자기 밖에서 자기를 구원할 사람을 찾는 것보다 어리석은 일이 어디 있으리오. 대중이 모두 보살이고, 대중의 마음이 곧 깨달은 자의 마음인 것을.

운암

법명은 담성曇晟이다. 20대에 출가하여 백장 문하에 20년을 머물다가
약산을 찾아가 비로소 깨침을 얻어 운암산에서 제자를 길렀다. 대표적인
제자로는 동산이 있다. 동산은 후에 조산이란 걸출한 제자를 배출하여 임
제종과 더불어 중국 5대 선종을 대표하는 조동종을 탄생시켰다.

동산

법명은 양개良价다. 제자 조산과 함께 조동종을 일으킨 장본인이며,
807년에 태어나 869년에 죽었다. 마조의 제자 오예산 영묵靈黙에게 지도
를 받았으며, 이어 남전과 위산을 참문하였고, 위산의 권유로 호남의 석실
에 있던 운암을 찾아가 그의 법을 이었다.

동산이 펼친 선법의 특징은 당대의 선승들에게서 찾아보기 힘든 종교
철학적 경향을 띠는 형이상학적 삶에 있었다. 부처나 지혜까지도 초월한
구도자 정신, 그것이 동산의 선법이었다.

도응과 조산을 대표적인 제자로 꼽고 있다. 이들이 주창한 선법은 동
산과 조산의 이름을 따서 조동종으로 일컬어지게 된다.

도응

도응道膺은 동산의 제자로 운거雲居라고 불리기도 했다. 그는 당나라

말기인 827년에 태어나 조산과 함께 동산의 가르침을 널리 퍼뜨렸으며 902년에 죽은 것으로 기록되어 있다. 25세 때 범양의 영수사로 출가하였고, 출가 3년 후에 동산을 찾아가 깨달음을 얻었다. 출가 초기에 그는 주로 율법에 매달려 있었다. 그러다가 율법주의의 한계를 인식하고 참선의 경지를 추구하던 중 동산을 만났던 것이다.

동산의 법을 이어 조동종의 제2세로 여겨졌지만 조산만큼 체계 있는 활동을 하지 못해 종명에 이름이 들어가지는 못했다.

조산

조산曹山은 동산의 법을 이은 제자로 법명은 본적本寂이다. 그는 840년에 태어나 조산을 중심으로 동산의 가르침을 전하다가 901년에 죽은 것으로 기록되어 있다.

동산의 법을 계승한 사람은 사형인 운거 도응이었지만, 그가 더욱 체계적이고 광범위한 활동을 한 덕분에 종명에 그의 호가 사용되었다. 그래서 그들에 의해 형성된 종단을 동산과 조산의 이름을 따서 조동종曹洞宗이라고 부르게 된 것이다.

좁쌀이
어찌 우주보다
작으랴

용담·덕산·암두
설봉·운문·법안

금강경의 대가

금강경의 대가라고 자처하던 스님 하나가 남쪽에서 선종이 판을 치고 있다는 소리를 듣고 이들을 혼내주겠다는 심사로 길을 떠났다. 그리고 어느덧 남방의 예주에 이르렀다. 마침 점심때라 허기를 물리치기 위해 두리번거리고 있던 중이었다. 길가에서 떡을 팔고 있던 웬 노파 하나가 그에게 말을 걸었다.

"스님, 지금 팔에 끼고 계신 책이 무슨 책인가요?"

'그건 왜 묻는 거야? 알려준들 당신 같은 시장 늙은이가 알아듣기나 하겠어?' 그런 마음으로 그는 퉁명스럽게 대답했다.

"금강경이오만……."

그러자 노파가 다시 물었다.

"그 경전에는 '과거의 마음도 현재의 마음도 미래의 마음도 잡을 수 없다'고 씌어 있다는데 스님은 그러면 어느 마음을 잡을 심사요?"

어?

그는 순간 당황하고 말았다. 글줄 하나 읽은 적이 없는 듯한 노파가 금강경 구절을 아는 것도 모자라서 여러 해 동안 금강경만 강의해온 자신에게 난처한 질문을 던진 것이다. 멍하게 쳐다보고 있는 그에게 노파가 한마디 덧붙였다.

"스님이 제대로만 대답하면 내 오늘 점심을 책임지겠습니다."

그는 뭐라고 대답할지 갈피를 잡을 수가 없었다. 그래서 순간적으로 임기응변을 발휘했다. 일단 망신은 면해보자는 판단에서였다.

"이 근처에 대단한 스님이 계신 모양이지요?"

그는 슬쩍 말꼬리를 돌렸다. 그리고 한편으론 분명히 그 노파 스스로 금강경 구절을 익히지 않았을 것이란 확신을 가지고 있었다. 아니나 다를까……

"이곳 사람이 아니시구먼. 근동에서는 용담사 큰스님을 모르는 사람이 없건만."

용담이라 했겠다? 그는 마음이 급해졌다.

"그래, 용담사가 어디에 있습니까?"

"곧장 오 리쯤 가면 될게요."

노파의 말이 채 끝나기도 전에 그는 발길을 재촉하기 시작했다.

❖

노파에게 망신을 당하고 용담사로 찾아들었던 이 스님은 덕산德山이다. 그는 금강경 해석에 능하다 하여 속성인 주씨를 따서 '주금강'이라는 별명까지 얻은 사람이었다. 그리고 금강경 해독에 자신이 생기자 '불립문자不立文字'니 '교외별전教外別傳'이니 하면서 참선을 강조하는 무리들을 경멸하게 되었다. 그래서 마침내 비장한 각오를 하고 남방에 내려와 교학의 위대성을 전파하려 했던 것이다. 그러나 노점의 일개 노파의 질문에도 대답하지 못하는 사태에 직

면하자 제 발로 용담龍潭을 찾아가 제자가 되었다.

어둠 속의 깨침

용담사의 밤이 깊어가고 있었다. 하지만 용담은 아직 잠을 청하
지 못하고 있었다. 그의 제자 덕산이 저녁나절부터 줄곧 질문공세
를 퍼붓고 있었기 때문이다. 그는 원래 교학에 빠져 있던 사람이라
모든 문제를 논리적으로 풀어내는 데 열중했던 것이다. 그래서 용
담은 하는 수 없이 그에게 이렇게 말했다.

"여보게, 밤이 깊었으니 이제 처소에 가서 쉬는 것이 어떻겠는
가?"

그제야 제자는 황망한 얼굴로 스승의 잠자리를 보아주고 자기
처소로 돌아갔다. 용담이 막 잠자리에 들려고 하는데 그가 다시 돌
아왔다.

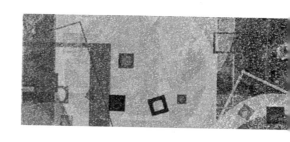

"스님, 밖이 너무 어둡습니다."

그믐밤이라 유난히 어두웠던지 제자는 불을 달라고 했다. 그래서 용담이 불을 붙여 밖으로 들고 나왔다. 불을 들고 나오는 용담의 얼굴이 환하게 비쳤다. 용담이 불을 앞으로 내밀자 주위는 한층 밝아졌다. 칠흑 같은 어둠 속에서 등잔불 하나가 그렇게 밝은 빛을 낸다는 사실에 제자는 새삼 감탄하고 있었다.

제자는 수면을 방해해서 죄송하다는 뜻으로 고개를 살짝 숙이면서 용담을 향해 두 손을 쭉 뻗었다. 그 순간 용담이 갑자기 입으로 훅 하고 바람을 불어 불을 꺼버렸다. 불꽃이 사라지자 주위는 한층 더 어둡게 느껴졌고, 그나마 어둠에 익숙해져 있던 눈마저 깜깜해졌다. 순간적으로 제자는 장님이 된 것 같은 착각에 사로잡혔다.

그리고 그는 깨쳤다.

❖

캄캄한 어둠 속에서 비로소 빛의 가치를 깨쳤다?

어둠이 아무리 짙게 깔렸더라도 자그마한 등잔불 하나만 있으면 길을 가는 데 전혀 문제될 것이 없다. 그 자그마한 빛이 곧 모든 빛과 다를 것이 없다는 것이다.

깨달음이란 그런 것이다. 자그마한 단서 하나가 모든 것을 풀어 내는 실마리가 될 수 있는 것이다. 그것은 마치 개미와 코끼리가 생명의 가치에 있어서 전혀 차이가 없는 것과 같다고 할 수 있다.

사람들 중에는 우주 전체의 중요성에 기반하여 미생물의 중요성을 인식하는 사람이 있는가 하면, 반대로 미생물의 중요성을 먼저 인식하고 우주 전체의 중요성을 깨닫는 사람도 있을 수 있다. 또한 생명체를 연구하는 사람들 중에는 세포를 먼저 알고 몸 전체를 아는 사람이 있는 반면, 신체를 먼저 알고 나중에 비로소 세포의 움직임을 알게 되는 사람도 있는 것이다. 그렇다고 이들의 앎에 대해 어떤 것이 크고 어떤 것이 작다고 할 수 있겠는가? 그들의 깨침에 대한 가치는 동등한 것이다. 다만 어떤 수순을 밟는가의 차이가 있을 뿐이다.

깨달음 역시 마찬가지다. 부분이 곧 전체요, 전체가 곧 부분인 세계, 그것이 바로 깨침의 세계다.

모든 것에 대해 먼저 지식을 쌓고 깨침을 얻겠다는 어리석은 생각을 하는 자는 죽을 때까지 지식을 쌓는 일에만 매달릴 수밖에 없는 것이다. 이것이 바로 불교를 학문이나 사상으로만 이해하려는 이들의 한계다. 덕산도 그런 한계에 사로잡혀 있다가 비로소 불빛 하나로 그 한계를 넘어섰던 것이다.

사자 잡는 스님

용담이 죽고 덕산이 그의 법을 이어 명성을 떨치게 되자 많은 선객들이 그를 찾아왔다.

어느 날이었다. 덕산이 방문을 열어놓고 앉아 있는데 선객 하나가 찾아들었다. 하지만 덕산은 그를 보자마자 방문을 쾅 닫아버렸다. 그러자 찾아온 선객이 문을 두드렸다.

"누구요?"

덕산이 묻자 선객이 대답했다.

"사자 새끼요."

이놈 봐라! 덕산의 눈에 생기가 스민다. 덕산이 문을 열자 그는 큰절을 올렸다.

이놈, 사자 새끼라 했겠다? 순간 덕산이 눈을 반짝이더니 갑자기 벌떡 일어나 밖으로 뛰쳐나왔다. 상대는 미처 피할 틈도 없었다. 어느새 덕산이 선객의 등에 올라타 그의 목을 감싸 안았다. 그리고 얼굴에 웃음을 한껏 물고 소리치기 시작했다.

"덕산이 사자 새끼에 올라탔다! 이놈의 짐승아, 어디서 왔더냐!"

❖

선은 결코 말장난이 아니다. 또한 치기도 아니다. 그럼에도 흔히 그것을 치기 섞인 열정으로 생각하는 이들이 있다. 그래서 선객을 자처하며 터무니없는 선담을 흉내 내곤 한다.

덕산은 자칭 '사자 새끼'를 그렇게 혼내주고 있었다. 쓸데없는 치기로 자기 말의 포로가 되지 말아야 할 것이다. 자기 논리에 자기가 빠지면 그것이 곧 덫인 것이다.

'사자새끼'는 바로 자기 덫에 빠지고 말았다.

덕산이 그의 등에 올라타고 소리치고 있다.

'이놈의 짐승이 어디서 왔더냐'고.

결코 이 같은 사자 새끼는 되지 말기를 당부하면서.

문에서 들어오는 것은 가보가 아니다

암두嚴頭와 설봉雪峰이 운수행각을 하고 있었다. 그런데 오산진이란 곳에서 폭설을 만나 꼼짝없이 그곳에 갇히고 말았다. 당황한 그들은 한참동안 눈 속을 헤매다가 마침내 인가를 발견하고 그곳에서 눈이 녹기를 기다렸다. 며칠 동안 거기서 신세를 지면서 설봉은 줄곧 좌선을 하고 있었지만 암두는 낮이고 밤이고 계속해서 잠만 잤다.

하루는 설봉이 자고 있는 암두를 흔들어 깨웠다.

"사형, 사형! 나 좀 봅시다."

암두가 부스스한 얼굴로 눈을 비비며 말했다.

"무슨 일인가?"

그러자 설봉이 짜증기 섞인 말투로 넋두리를 늘어놓았다.

"난 재수가 없는 모양이오. 지난번 흠산과의 행각에선 그의 방해만 받았는데, 이번에는 또 사형이 허구한 날 잠만 자니 마음이 뒤숭숭해서 견딜 수가 없습니다."

사형인 암두가 하라는 수행은 안 하고 잠만 자고 있는 것에 대한 불만을 털어놓고 있는 것이렷다? 암두가 그 속을 모를 리 없었다.

"쓸데없는 소리 하지 말고 자네도 나처럼 잠이나 자게. 매일같이 그렇게 쭈그리고 앉은 꼴이 꼭 구걸하는 거지꼴일세."

암두는 다시 드러누웠다. 암두의 빈정거림에 설봉이 화가 났다.

"사형은 어떻게 그런 말씀을 하십니까? 그간 저도 깨칠 만큼 깨쳤다고 생각하고 있습니다."

그러면서 설봉은 그간 동산과 덕산 등을 만나 깨친 바를 늘어놓았다. 그리고 이 모든 깨달음이 수행정진을 통해 가능했다고 말했다.

"그래서 이제 마음이 편안한가?"

설봉의 불안한 속을 꿰뚫고 있는 듯 암두는 돌아누운 채 그렇게 물었다. 그 말에 설봉이 한숨을 길게 쏟아냈다.

"마음이 편하면 왜 고민을 하겠습니까? 큰스님들의 깨침을 충분히 이해했는데도 왜 이렇게 마음이 불안한지 모르겠습니다."

그때 암두가 다시 한마디 쏘아붙였다.

"문으로 들어오는 것은 가보가 아닐세."

이 말에 설봉이 퍼뜩 깨쳤다.

❖

남에게 배운 것은 참된 지혜가 아니다. 깨달음은 자기 속에 있는 것이다. 자기 몸과 마음으로 직접 체험한 지혜가 진정한 깨달음인 것이다. 암두는 설봉에게 이렇게 설하고 있다.

우리는 대개 깨달음을 단순한 지식이나 지혜로만 알고 있다. 하지만 남의 깨달음을 그대로 수용하는 것은 결코 깨달음이 아니다. 그것은 단지 남의 깨달음을 이해한 것일 뿐이다. 선사들이 굳이 직접적인 설명을 통해 가르침을 주지 않고 화두를 사용하는 것도 바로 이 때문이다. 자기 스스로 깨치도록 유도하기 위함이란 것이다. 그것만이 진정한 깨침이기 때문이다.

늑대에게 물린 호랑이

당나라 무종은 도교에 깊이 빠져 불교를 철저히 탄압하는 정책

을 썼다. 그 때문에 많은 사찰이 헐리고, 스님들이 속가로 쫓겨나게 되었다. 암두도 그 서슬 퍼런 탄압 때문에 절을 떠나 강가에서 사공 노릇을 하고 있었다.

그러던 하루였다. 소산이라는 스님 하나가 암두를 찾아왔다. 하지만 암두는 그를 발견하자 곧장 잠에 빠져 있는 체했다. 소산은 자는 체하는 암두를 한동안 바라보고 있기만 했다. 그러나 좀처럼 암두가 눈을 뜨지 않자 소산은 그를 흔들어 깨웠다.

"누구냐?"

암두는 잠에서 이제 막 깨어나는 체하며 눈을 비볐다. 그런데 막상 암두가 눈을 뜨자 소산은 빙긋이 웃으면서 말했다.

"스님, 더 주무시지요."

암두는 자신의 능청이 탄로 난 것을 알고 큰 소리로 웃었다. 그리고 이렇게 중얼거렸다.

"이런, 늑대 잡으려다 호랑이가 물렸구먼."

그물을 뚫고 나간 고기

임제의 제자 삼성이 설봉을 찾아와 물었다.

"그물을 뚫고 나간 고기는 뭘 먹고 삽니까?"

깨달은 자는 어떻게 살아야 하는가? 이런 질문이었다. 말하자면 삼성은 설봉을 시험하고 있었던 것이다. 하지만 설봉은 그의 잔꾀에 넘어가지 않았다.

"자네가 그물을 뚫고 나오거든 그때 말해주지."

깨닫지도 못한 놈이 치기만 가득하다는 뜻이다. 하긴 깨친 자가 깨친 자의 삶에 대해 남에게 물을 이유가 있겠는가. 하지만 삼성은 이 말을 '모른다'는 뜻으로 알아들었던 모양이다.

"그물 속에 붕어를 천오백 마리나 키워도 그걸 모르십니까?"

삼성의 말이 다소 시비조다. 제자가 1,500명이나 되는 사람이 그까짓 질문을 피하느냐는 뜻이었다. 하지만 설봉은 온화한 인물이었다. 그까짓 일로 젖비린내 나는 녀석과 말다툼을 할 설봉이 아니었다.

"그럼 난 붕어 천오백 마리 밥 주러 가네."

설봉이 자리를 박차고 일어나 가버렸다. 그러자 삼성은 더욱 기고만장해져서 절이 떠나라고 큰 소리로 웃기 시작했다.

그 후 삼성이 자기 스승인 임제에게 그 이야기를 했더니, 임제가 제자를 호통 치며 이렇게 말했다.

"이놈, 가서 망신만 당하고 왔구나!"

❖

깨달음은 결코 게임의 대상이 아니다. 하지만 치기 어린 삼성은 그것을 한낱 게임으로 생각했던 모양이다. 그래서 자기 깨달음으

로 설봉을 시험하려 했던 것이다. 하지만 설봉이 그런 얄팍한 수작에 넘어갈 리 없었다.

그물을 뚫고 나간 고기는 어떻게 살아야 합니까?

삼성이 설봉을 시험하기 위해 한 말이다. 이 말 속에는 자신은 이미 그물을 뚫었다는 자신감이 내포되어 있다. 즉, 깨쳤다는 것이다. 그러나 설봉은 오히려 그런 그의 행동을 한낱 치기 어린 행각으로 치부하고 있다.

자네가 그물을 뚫으면 그때 말해주지.

깨닫게 되면 자연히 알게 된다는 뜻이다. 그렇다. 깨달음이 스스로에 의해 이루어지듯 깨달은 자의 삶도 스스로 터득하는 것이다. 자유로운 삶, 그것이 바로 깨달음 자체이기 때문이다.

　우리는 깨달음을 표현으로 생각하는 수가 많다. 즉, 어떤 말을 하느냐에 따라 상대의 깨달음을 평가하고 있다는 것이다. 하지만 깨달음은 말이 아니라 삶이다. 깨달음의 관건은 어떻게 살고 있느냐는 것이지 결코 어떤 말을 하느냐가 아니라는 것이다.

　무엇보다 자유로워야 할 것이다.

　가장 완전한 자유인, 그가 곧 부처이기 때문이다.

　영원한 자유인이 되기 위한 노력, 그것이 곧 수행이다.

　그것을 굳이 표현하지 않더라도 자기 안의 자유를 마음껏 누릴 수 있다면 그가 곧 부처이다. 자유의 본질은 세계의 이치를 아는 데 있는 까닭이다.

우주의 크기는 얼마나 될까

제자 하나가 설봉에게 물었다.

"스님, 우주의 크기는 얼마나 됩니까?"

설봉이 대답했다.

"좁쌀의 크기를 아느냐?"

제자가 대답했다.

"예."

설봉이 다시 말했다.

"좁쌀의 크기를 아는 놈이 어떻게 우주의 크기는 모르느냐?"

"……?"

❖

우주는 무한히 넓고 크다. 진리도 마찬가지다. 하지만 작은 깨달음으로 그 모든 진리를 알 수 있다. 이것이 바로 깨달음의 세계다. 좁쌀만 한 깨달음을 얻으면 우주와 같은 진리를 접할 수 있다는 뜻이다.

깨달음의 세계에는 크고 작음이 없다. 그곳에선 좁쌀과 우주가 같은 크기다. 그렇다면 이 우주에서 가장 큰 것은 무엇인가?

그것은 우주를 담을 수 있는 마음이다. 그 마음이 바로 깨달음이다. 그 깨달음은 아주 작은 단초에서 시작된다. 그러나 모든 것을 담을 수 있는 것이다.

우리 육체와 비교한다면 깨달음은 바로 우리 눈과 같은 것이다. 눈은 비록 아주 작지만 하늘과 우주를 담을 수 있다. 따라서 눈은 우주보다 더 크다고도 할 수 있다. 그렇지 않은가?

이것이 깨침이다.

그러면 우주의 크기는 얼마나 되겠는가?

항상 좋은 날이지

운문雲門이 제자들을 모두 불러 모아놓고 물었다.

"오늘 이전은 묻지 않겠다. 오늘 이후에 대해서 누가 말해보라."

아무도 말을 하지 못하자 운문이 대신 말했다.

"항상 좋은 날이지."

❖

깨달은 자.

자기 삶을 주체적으로 이끌어가는 자.

항상 자유로운 자에겐 내일 이후에도 역시 자유로운 날들이다. 그 자유로운 날들을 운문은 한마디로 '항상 좋은 날'이라고 말했다. 좋고 나쁘다는 것은 자기 바깥에서 이루어지는 일이 아니다. 좋고 나쁜 것을 가려내는 주체는 자기 자신이다. 그러기에 깨달은 자에게 어찌 나쁜 날이 있겠는가?

부처는 똥막대기다

제자 하나가 운문에게 물었다.

"스님, 부처가 뭡니까?"

운문이 대답했다."

"부처? 그건 말라비틀어진 똥막대기야."

❖

부처가 되려고 매달리지 말라. 그러면 더욱 부처에게서 멀어질 뿐이다. 부처에게 매달릴 시간이 있으면 차라리 자기 현실을 붙잡고 그것에 열과 성을 다하는 것이 나으리라.

운문은 이렇게 가르치고 있다. 그리고 부처의 존재를 신비주의로 몰고 가는 자들을 경계하라는 뜻으로 이렇게 말하고 있다.

부처란 정말 쓸모없는 것이다. 부처란 단지 말라비틀어진 똥막대기다. 그러니 부처 같은 것에 신경 쓰지 말고 네 현실이나 똑바로 봐라.

왜?

중요한 것은 관념 속의 부처가 아니라 바로 자기 자신이니까.

그래서 부처는 똥막대기다?

정말 그런가?

바위를 안고 다니는 사람

법안法眼이 폭설을 만나 어느 절에서 몸을 녹였다. 화롯가에 앉아 불을 쬐고 있는데 나한羅漢이라는 스님이 다가오더니 넌지시 물었다.

"어디 가는 길이신가?"

"그저 돌아다니는 중입니다."

나한이 다시 물었다.

"돌아다닌다니 세상 물정에는 밝겠구먼. 그럼 내가 한 가지 물어보겠네. 저기 뜰에 있는 바위는 자네 속에 있나 아니면 밖에 있나?"

법안이 자신 있게 대답했다.

"제 속에 있습니다."

모든 게 마음에 달렸다는 말이렷다? 나한이 혀를 끌끌 차며 말했다.

"속에다 바윗덩어리를 넣고 다닌다니 무겁겠구먼."

아차!

법안이 그제야 나한의 그물에 잡혔음을 알고 절을 하였다.

❖

흔히 모든 것은 마음먹기 나름이라고 한다. 그래서 세상에 대한 모든 생각도 마음에서 비롯되고, 고통과 번민도 마음에서 나온다고 했다. 법안은 그렇게 믿고 온 세상이 마음일 뿐 그 이상도 이하도 아니라고 말하고 다녔다. 나한이 그 소식을 듣고 그의 오류를 지적하고 있는 것이다.

저 바위가 어디에 있다고 생각하나?

법안으로선 당연히 마음속에 있다고 말할 것이다. 하지만 나한의 생각은 달랐다. 바위는 마음속에 있는 것이 아니라 보이는 그대로 뜰에 있다는 것이다. 즉, 사물을 있는 그대로 보라는 것이다. 사물을 자기의 관념에 따라 마음대로 규정하면 곧 관념의 벽에 부딪쳐 죽는다는 말이다.

모든 것이 마음에 있는 것이 아니라 모든 마음이 밖에 있을 수도 있다. 또한 모든 물상은 단지 물상일 뿐 마음도 생각도 아닐 수 있다. 어느 것이든 틀린 말은 아니다. 다만 그중의 하나만을 고집하면 틀리게 된다.

혜능이 했던 말이 스쳐간다. 바람에 나부끼는 깃발을 보고 했던 말이다.

저것은 바람의 움직임도 깃발의 움직임도 아니다. 바로 그대 마음이 움직이는 것이다.

하지만 깃발이 움직이는 것도 인정하고, 바람이 움직이는 것도 인정할 때 비로소 마음이 움직인다는 말이 성립될 수 있음을 알아야 한다. 사물의 본질을 알지도 못하면서 섣불리 사물을 마음으로 형상화하는 것은 위험하다는 뜻이다.

부처는 바로 자네

한 스님이 법안을 찾아와 심각한 얼굴로 말했다.

"저는 혜초慧超라고 하는데 스님께 여쭙고 싶은 것이 있어 왔습니다."

법안이 말했다.

"그래, 그게 뭔가?"

"부처란 어떤 것입니까?"

법안이 대답 대신 되물었다.

"자네, 혜초라고 했는가?"

✤

중요한 것은 지나간 부처들이 아니라 바로 자기 자신이라는 것을 법안은 깨우쳐주고 있다.

깨달음이란 어떤 것입니까?

우리가 자주 던지는 질문이다. 이때마다 선사들은 한결같이 이렇게 말했다.

자네가 바로 깨달음이야.

용담

용담龍潭은 도오의 제자로 법명은 숭신崇信이다. 그의 생몰연대는 정확하지 않지만 아마 750년을 전후해서 태어나 820년경에 죽었을 것으로 추정되고 있다.

그는 도오의 생활선을 충실히 배운 인물이다. 그래서 언제나 민중들과 어울려 그들에게 선의 참맛을 일깨워주곤 하였다.

덕산

덕산德山의 법명은 선감宣鑑으로 782년에 태어나 용담, 위산 등을 찾아다니며 깨달음을 구했고, 후에 덕산에 머물며 설봉, 암두 등의 걸출한 제자들을 길러내고 865년에 세상을 떴다.

덕산은 용담이 대중 속에 퍼뜨린 생활선에 당황하여 찾아들었다. 그는 원래 교학을 불교의 전부로 알았던 사람으로 초기에는 주로 금강경 연구와 강의에 열중했다. 그러다가 남방에서 선종이 융성한다는 소식을 듣고, 남방에 교학적 불교를 퍼뜨리기 위해 갔다가 되레 용담에게 가르침을 받아 참선의 의미를 알게 되었다.

덕산이 활동하던 시기에 조동종의 조사인 동산, 임제종을 태동시킨 임제 등이 활약하고 있었다.

암두

암두巖頭는 덕산의 제자로 법명은 전활全奯이다. 그에 관한 이야기는 《조당집》7권 '암두편'에 나오는데 828년에 태어나 887년에 죽은 것으로 기록되어 있다. 덕산이 그에 대해 '후에 내 머리 위에 똥을 갈길 녀석'이라고 예언하고 있는 것처럼 그는 독특한 선풍을 날렸다.

그는 《조당집》에 '나는 30년 동안을 동산을 찾아갔지만 그를 인정하지 않는다. 왜냐하면 그는 좋은 부처이긴 하지만 광채가 없는 부처이기 때문이다'라고 했으며, 덕산에 대해서는 자신이 '덕산의 법을 잇기는 했지만 덕산을 인정하지 않는다'고 했다. 다만 덕산에 대해서는 '잊을 수 없는 스승'이라고 말하고 있다.

이 같은 말들을 얼핏 들으면 그를 아주 오만한 사람이라고 생각하기 쉬우나, 그는 결코 오만하거나 자만에 넘쳐 있지는 않았다. 다만 깨달음에 있어 진정한 스승이란 자기 자신밖에 없다는 말을 하고 있는 것이다.

암두는 운문종과 법안종을 탄생시킨 설봉의 사형이지만, 그의 깨침을 이끌어냈다는 점에서 보면 스승과 같은 역할을 했다.

설봉

설봉雪峰은 덕산의 제자이자 암두의 사제다. 그는 비록 덕산을 스승으로 모셨지만 사실은 암두에게서 깨침을 얻었기에 엄밀히 말하면 암두가 그의 스승이 되는 셈이다.

설봉의 법명은 의존義存이다. 그는 822년에 태어나 908년에 죽은 것으로 되어 있다. 당시 사람들이 '북에는 조주, 남에는 설봉'이라고 했던 것으로 미루어 조주와 비견될 만큼 뛰어난 선승이었던 모양이다.

《조당집》에는 그가 다음과 같은 말을 남긴 것으로 전하고 있다.

'나는 네거리에 선원을 지어 대중을 여법하게 공양하겠다. 그리고 만약 누군가가 길을 떠나고자 하면 그의 바랑을 메어주고, 문 밖까지 배웅하면서, 그가 몇 걸음 걸어갔을 무렵에 스님! 하고 불러 그가 고개를 돌리면, 도중에 조심하십시오! 하고 말하겠다.'

이 같은 기록은 그의 온화한 성품을 잘 대변하고 있다. 또한 깨달음의 길에 있어 스스로 조력자가 될 것을 자청하고 있는 것을 볼 수 있다.

그 결과 그는 설봉산에 기거하며 1,500명이 넘는 제자를 둘 수 있었고, 선종 5가 중에 법안종과 운문종을 탄생시키게 된다. 그의 제자 중에는 운문종을 일으킨 운문을 비롯하여 현사玄沙, 고산鼓山, 경청鏡淸, 장경長慶, 보복保福 등의 걸출한 인물이 많았다. 이후 현사의 제자 나한을 이은 법안이 법안종을 개창하게 된다.

운문

운문雲門은 설봉의 제자로 법명은 문언文偃이다. 설봉에게서 깨침을 얻은 그는 운문산에서 제자를 양성하여 비로소 선종 5가 중의 하나인 운문종을 개창하였다.

운문은 862년에 태어나 947년에 죽은 것으로 기록되어 있다. 그의 나이 60세에 소주의 운문산에 광태선원光泰禪院을 창건하고 독창적인 선법을 펼치며 강남의 불교를 발전시켰다. 그리고 선종 5가의 극치에 달한 운문종을 개창했던 것이다.

그에 대한 이야기는 뇌옥雷嶽이 지은 《광진대사실성비명匡眞大師實性碑銘》과 진수중陣守中의 《대자운광성홍명대사비명大慈雲匡聖弘明大師碑銘》 등 두 개의 비문과 《조당집》 11권, 《전등록》 19권, 《운문어록》 등에 전하고 있다.

그의 법문 특징은 짧고 날카로우며 문학적이라는 데 있다. 그는 지극히 상징적이고 짤막한 말로써 문하생들을 지도했다. 그래서 흔히 그의 법문을 '일자관一字關'이라고 부르는데, 이는 그가 일문일답으로 자신이 할 말을 함축한 데서 비롯된 말이다.

송나라 때의 각범覺範은 찬녕贊寧이 《대大송고승전》에 운문에 대한 전기를 싣지 않은 것을 개탄하면서 《임간록林間錄》에 이렇게 쓰고 있다.

'운문은 선사 중의 왕인데, 그의 전기를 싣지 않음은 무슨 일인가?'

그만큼 당시 운문에 대한 명성이 높았음을 증명하고 있다. 짧은 시가 좋듯 짧은 선담이 좋은 모양이다.

법안法眼은 나한羅漢의 제자로 법안종을 개창한 인물이다. 그의 또 다른 이름은 문익文益으로 885년에 태어나 958년에 죽은 것으로 기록되어 있다.

그에 대한 이야기는《송고승전》13권과《전등록》24권에 전해지고 있으며, 그의《어록》,《종문십규록宗門十規論》등이 남아 있다.

그는 여항餘杭 사람으로 속성은 노魯씨이며, 일곱 살 때 동진 출가하여 월주 개원사에서 계를 받고 남쪽으로 유랑하다가 처음에는 복주의 장경을 참문하였다. 그리고 다시 행각하는 도중에 폭설을 만나 지장원에 잠시 머물다가 설봉의 제자 현사의 법을 이은 나한을 만나 드디어 깨침을 얻었다. 이후 강남을 중심으로 자신의 선법을 널리 전하였고, 결국 선종 5가 중에 마지막으로 형성된 법안종의 조사가 되었다.

법안종풍의 특징은 화엄의 철학을 선의 실천으로 구현시키는 데 역점을 두어 선·교 융합적인 경향을 띠고 있다는 점이다.

부처의 눈에는
부처만 보인다

혜공·범일·지눌
나옹·무학

원효의 똥은 내 고기다

혜공惠空과 원효元曉가 운수행각을 하던 어느 날이었다. 걸식을 하며 떠돌던 그들이 미처 아침도 해결하지 못했는데, 해는 이미 중천을 지나 서쪽으로 기울기 시작했다. 아침부터 허기에 시달리고 있었던 그들은 뱃속에 점이라도 찍어야겠다는 생각에 주위를 두리번거리다가 냇가에서 노니는 고기를 발견하자 누가 먼저랄 것도 없이 물로 뛰어들었다.

고기를 잡을 만한 마땅한 도구가 없었기에 두 사람은 가장 원시적인 방법을 택할 수밖에 없었다. 돌을 들고 물가에 굳은 듯이 서 있다가 고기떼를 발견하면 가차 없이 돌을 던져대는 것이었다.

고기들이여, 이 불쌍한 거지들을 위해 육신 공양 좀 하소서!

혜공은 이렇게 외쳐대며 돌을 던졌다. 그 기원 덕분인지는 알 수 없지만 혜공이 돌을 던지면 영락없이 몇 마리 고기가 죽은 채로 떠올랐다. 하지만 원효는 단 한 마리도 잡지 못했다. 하긴 그 같은 방법으로 끼니를 해결하긴 처음이었으니 당연한 일인지도 몰랐다.

어느새 냇가에 혜공이 잡은 고기가 제법 수북이 쌓였다. 그러자 혜공은 돌 던지기를 멈추고 잡은 고기를 나무 꼬챙이에 끼워 불에 구웠다. 두 사람은 정신없이 구운 고기를 먹었다. 어지간히 배들이 고팠던 모양이다. 내장이고 지느러미고 뼈고 할 것 없이 마구 집어삼키더니, 순식간에 고기를 다 먹어치웠다.

허기가 해결되자 그들은 너럭바위에 드러누워 잠을 자기 시작
했다. 그리고 약속이나 한 듯이 두 사람 모두 일어나 숲속에 나란
히 앉았다. 너무 허겁지겁 먹어댄 탓에 위장이 미처 포만감에 젖어
볼 틈도 주지 않고 뒷일을 재촉하고 있었던 것이다. 원효가 볼일을
마치고 일어나자 혜공이 어느새 그 옆으로 다가와 비아냥거리듯이
말했다.

"많이 처먹어대더니 똥만 엄청나게 쌌구나, 이놈."

이 말에 원효가 화를 버럭 내며 달려들었다.

"이놈아, 너는 똥 안 눴냐?"

혜공이 장난기 섞인 웃음을 띠며 대꾸했다.

"나는 똥 안 눴어."

화가 난 원효가 혜공을 밀치고 그가 뒷일을 본 곳으로 달려갔
다. 그런데 정말 아무리 찾아보아도 그의 배설물이 보이지 않았다.
다만 그 자리엔 피라미 한 마리가 팔딱거리며 뛰고 있는 것이 아닌
가. 원효가 눈이 휘둥그레져서 피라미를 쳐다보고 있는데 혜공이
다시 옆으로 다가왔다.

"물고기 잡아먹고 똥만 잔뜩 싼 놈아!"

혜공은 조롱하는 얼굴로 그렇게 말하면서 피라미를 손바닥에
올려놓았다. 그리고 물가로 가더니 그것을 놓아주었다.

고기보살님, 다음에 또 육신 공양 부탁하나이다!

혜공은 고기를 놓아주면서 염불하듯이 말했다. 그리고 멍하니

그 광경을 지켜보던 원효를 다시 놀리기 시작했다.

"에이 더러운 놈, 물고기 잡아먹고 똥만 싸는 놈아!"

이 말에 원효가 혜공의 멱살을 잡아채 그를 바위 위에 내동댕이 쳤다. 하지만 혜공은 깔깔거리면서 계속해서 똑같은 말을 반복했다. 화가 난 원효가 다시 그의 멱살을 잡으려 하자 그는 재빨리 일 어나 달아났다. 그리고 큰 소리로 외쳐댔다.

원효의 똥은 내 고기다!

원효의 똥은 내 고기다!

이 외침에 원효는 퍼뜩 깨쳤다.

❖

원효의 똥은 내 고기다.

혜공의 외침이자 가르침이다. 오랫동안 귀족 불교에 빠져 있던 원효를 이 한마디로 후려치는 혜공의 날카로운 지적이 참으로 신 선하다.

너희들이 그토록 천시하고 하잘것없이 여기는 똥 같은 인생들

이 바로 내 허기를 채워주는 부처이자 인도자다.

혜공은 이렇게 말했던 것이다. 그리고 원효에게 그는 또 이렇게 질타했다.

살아 있는 고기를 먹고 똥만 싸는 놈아!

즉, 껍데기만 보고 구원해야 할 민중을 천대하는 어리석은 놈이란 뜻이다. 사실 당시까지만 해도 원효는 여전히 교학 불교, 즉 경전 해석에만 매달려 있었다. 그리고 그것을 통해 귀족들에게 인정받고 자신의 입지를 세우는 데 여념이 없었다. 왜냐하면 당시 신라 사회에서 선종은 단지 무속신앙이나 궤변 정도로밖에 여기지 않았기 때문이다.

하지만 원효는 경전 해석에 치중하면 할수록 자신이 점차 깨달음의 본질에서 멀어져가는 것을 느껴야만 했다. 그 때문에 거지들과 어울리며 자유로운 생활을 하고 있던 혜공에게서 새로운 선적 경지를 배우려는 노력을 하고 있었다. 하지만 그것은 단순한 기행에 불과했다. 본질적으론 여전히 경전에서 얻어낸 지식에 얽매여 있었던 것이다.

혜공은 그런 원효에게 행동이 모든 것을 바꿔놓을 수 없다는 것을 가르치고 있다. 더 중요한 것은 내면의 변화이고, 그것이 시각의 변화로 드러나 자연스럽게 몸에 익숙해져야 한다는 것이다.

다행스럽게도 원효는 혜공의 가르침을 알아들었다. 그리고 깨달았다. 그동안 자신이 똥을 살아 있는 고기로 알고 살아왔다는 것을. 살아 있는 고기를 먹고 쓸데없는 배설물만 쏟아냈다는 것을.

해와 달에게 무슨 길이 필요한가

제안이라는 스님에게 한 스님이 찾아왔다. 그는 동방의 신라에서 온 승려로 선사들을 두루 예방하고 있는 중이라 하였다. 제안이 그에게 물었다.

"그대는 어디서 왔소?"

"동방에서 왔습니다."

"걸어서 왔습니까, 배를 타고 왔습니까?"

"둘 다 아니오."

제안이 의아한 표정으로 물었다.

"그럼 날아서 왔단 말이오?"

신라의 스님이 웃음 띤 얼굴로 되물었다.

"해와 달에게 어떤 길이 필요하다고 생각하십니까?"

그때서야 제안은 그를 알아보고 찬탄하며 말했다.

"실로 동방의 보살이로다!"

❖

그 동방의 보살, 그가 바로 범일梵日이다.

도를 깨치는 데는 왕도가 정해져 있는 것이 아니다. 어떻게 왔느냐고 묻는 제안의 물음에 대한 범일의 대답이다.

해와 달에게 어떤 길이 필요하다고 생각하는가?

다시 말해 해와 달이 뜨고 지는 데 무슨 특별한 길이 필요한가, 하는 물음이다. 마찬가지로 깨달음을 얻는 것에도 특별한 길이 정해져 있는 것이 아니다. 사실 제안은 범일에게 단순히 어떤 경로로 중국까지 올 수 있었느냐고 물었다. 하지만 범일은 그의 물음에 대한 대답으로 다시 본질적인 물음을 던지고 있었다. 깨달음을 얻기 위해서는 어떤 길에도, 또 어떤 관습에도 얽매이지 않고 해와 달이 움직이듯 자연스럽게 움직이면 된다는 것이다.

이런 깨달음과 관련하여 범일이 당신에게 문제를 던지고 있다. 일군의 무리가 산을 오르고 있었다. 그들은 한결같이 정상에 오르는 것이 목적이었다. 뿐만 아니라 모두 함께 정상에 올라야만 했다. 그런데 그들은 올라가다가 중간에서 뿔뿔이 흩어지고 말았다. 모두 혼자가 된 것이다. 산속에서 이렇게 헤어진 이들, 이 사람들이 다시 만날 수 있는 방법은 무엇이겠는가?

범일은 이렇게 말한다.

깨침의 방법은 다양하다. 하지만 그 길의 끝은 한 곳으로 향하고 있다.

다시 묻는다.

산속에서 헤어진 사람들이 다시 만날 수 있는 방법은?

주인은 어디 있느냐

지눌知訥이 제자와 함께 길을 가고 있었다. 길바닥에 짚신이 한 짝 떨어져 있는 것을 보고 지눌이 제자에게 물었다.

"주인은 어디 있지?"

제자가 대답했다.

"그때 만났지 않습니까?"

지눌이 끄덕이며 웃었다. 그리고 그에게 법을 전했다.

❖

주인은 어디 있느냐?

지눌이 짚신을 가리키며 제자에게 던진 질문이다. 지눌은 길바닥에 떨어져 있는 짚신을 이용해 제자의 성장을 시험하고 있었다. 용케도 제자는 지눌의 시험을 통과했다.

264

주인!

지눌은 주인이 누구냐고 묻고 있다. 그것은 단순히 짚신의 주인이 누구냐고 묻고 있는 것이 아니다. 짚신으로 제자에게 한눈을 팔게 만든 다음 자기 자신의 진정한 주인이 누구냐고 묻고 있는 것이다.

이처럼 지눌이 짚신으로 눈을 돌리게 한 뒤에 질문을 던진 것은 바로 수행자는 언제나 본질을 꿰뚫고 있으라는 가르침이기도 하다. 그리고 제자 역시 그런 가르침에 익숙해져 있었다. 그래서 지눌의 낚싯밥을 물지 않았던 것이다.

주인은 어디 있느냐?

자기의 주인은 어디 있느냐?

곧, 너는 어디 있느냐?

자기의 주인은 바로 자기 자신이다. 그리고 그 주인은 제자를 지칭하는 말이었다. 이에 제자는 이렇게 대답했다.

'그때 만나지 않았습니까?'

그때란 지눌과 제자가 만났던 그때이다. 제자는 그 점을 간과하지 않았다.

그 제자는 혜심慧諶이었다. 그는 후에 지눌을 이어 수선사_{지금의} _{송광사}의 2대 조사가 되었다.

한 선비의 출가

친한 벗을 잃은 선비 하나가 출가를 결심하고 묘적암을 찾았다. 그를 보자 묘적암에 머물고 있던 요연了然이 물었다.

"내 앞에 있는 이 물건이 무엇인고?"

'너는 무엇이냐?'라는 질문이었다. 이에 선비가 대답했다.

"말하고 듣고 걸을 수 있는 물건입니다. 그러나 보지 못하는 것을 보길 원하고 찾지 못하는 것을 찾고 싶습니다. 어떻게 하면 좋겠습니까?"

이 말에 요연이 고개를 끄덕이며 그를 받아들였다.

❖

이 선비가 바로 나옹懶翁이다. 그는 친한 벗의 죽음을 겪으면서 인생의 무상함을 경험했다. 그리고 인간의 미래에 대한 의문을 품게 되었다. 그래서 묘적암을 찾았다.

그의 첫 스승인 요연은 그를 보더니 대뜸 '이 물건이 무엇이냐'고 물었다. 나옹이 대답한다.

"보지 못하는 것을 보길 원하고, 찾지 못하는 것을 찾고 싶습니다."

즉, 깨침을 얻고 싶다는 뜻이다. 요연이 그의 열정과 명석함을 높게 평가하고 받아들였다.

이것이 나옹의 출가기이다.

칼 한 자루

나옹이 중국으로 유학을 떠났다. 그는 한동안 인도 승려 지공指
空에게서 수업을 받다가 다시 길을 떠났다. 그리고 평산을 만났다.
평산이 그를 보자 대뜸 물었다.

"어디서 오십니까?"

"지공에게서 옵니다."

"지공은 매일 뭘 합니까?"

"그는 날마다 천 개의 칼을 갈고 있습니다."

천 명의 제자를 가르치고 있다는 뜻이렷다? 순간 평산의 눈에서
광채가 흘렀다. 그물을 던질 때가 된 것이다.

"지공은 천 개의 칼을 갈고 있는데 당신은 내게 보여줄 한 개의
칼이라도 있소이까? 있으면 보여주시오."

평산의 말이 채 끝나기도 전에 나옹이 방석으로 평산을 내리쳤
다. 아악! 평산이 비명을 지르며 소리쳤다.

"이 동쪽 오랑캐 놈이 사람 죽인다!"

그러자 나옹이 껄껄 웃으면서 물었다.

"칼 맛이 어떻습니까?"

평산이 겁에 질린 표정을 지으며 말을 못하자 나옹이 한 마디 덧붙였다.

"제 칼에 맞으면 죽기도 하고, 살기도 한답니다."

❖

깨달음의 칼!

그것은 때론 사람을 죽이기도 하고 살리기도 한다. 그것은 자기를 죽이고 또 하나의 자기를 얻게도 한다. 그렇다. 깨달음은 칼날이다. 스스로를 끊임없이 위협하는 날 선 칼날이다. 비록 그 칼의 주인은 자신이지만 주인조차도 가차 없이 죽여버리는 무서운 칼날이다. 지금 그 칼날이 당신의 목을 노리고 있다.

어떻게 할 것인가?

기꺼이 목을 내줘야 당신이 살 수 있다는 것을 아는가?

그 칼은 지금 당신 속에 있다.

너 죽었느냐

나옹과 무학이 원나라의 한 절에서 참선 정진을 하고 있던 어느 날이었다. 무학이 참선에 너무 열중한 나머지 끼니를 거르자 나옹이 무학에게 물었다.

"너 죽었니?"

무학이 빙그레 웃으며 대답했다.

"예. 그리고 살았어요."

그러자 나옹이 껄껄 웃으며 어깨를 두드려주었다.

❖

깨침은 깨지는 것이다. 그것은 하나의 자기를 죽이고 또 하나의 자기를 얻는 것이다. 삶의 가장 기본이 되는 것은 먹는 일이다. 그런데 무학은 먹는 일조차 잊고 참선에 열중했다. 나옹은 그 점을 은근히 꼬집으며 물었던 것이다.

너 죽은 놈이냐?

즉, 깨달음이 굶는다고 얻어지느냐? 참선만 한다고 부처가 되느냐? 이런 말이다. 회양이 마조에게 했던 말과 비슷하다.

'앉아만 있다고 깨달음을 얻느냐?'

그런 꾸지람에도 아랑곳 않고 무학은 이렇게 대답한다.

예, 죽었습니다. 그리고 지금 살았습니다.

즉, 밖에서 도를 구하던 자기를 죽이고 안에서 도를 찾는 자기를 얻었다는 뜻이다. 깨달음은 결코 밖에 있는 것이 아니므로.

가장 먼저 놓은 돌은?

나옹이 무학과 함께 계단에 앉아 있다가 느닷없이 조주 스님 이야기를 하였다.

"조주 스님이 제자와 함께 돌다리를 바라보다가 '이 다리는 누가 만들었지?' 하고 묻자 제자는 이응이라는 사람이 만들었다고 했지. 그때 조주 스님이 다시 '어디서부터 손을 댔겠느냐?' 하고 제자에게 물었지. 그러자 제자는 아무 대답도 하지 못했다네."

나옹은 그렇게 말하고 무학을 슬쩍 쳐다보았다. 그리고 이렇게 물었다.

"자네는 그 물음에 어떻게 대답하겠나?"

나옹의 물음에 무학은 아무 말도 하지 않고 두 손으로 계단을 쌓은 돌을 잡았다.

이에 나옹이 빙긋이 웃었다.

❖

그렇다. 깨달음은 붙잡은 거기가 처음이다.

조주가 깨달음의 세계를 다리에 비유했지만 그 제자는 알아듣지 못했다. 그래서 그 다리를 '어디서부터 처음 손을 댔느냐'는 질문에 대답할 수 없었다. 그러나 600년 뒤에 동방의 젊은 승려인 무학이 그 해답을 내놓았다.

깨달음엔 과거도 미래도 현재도 없다. 그것은 시간에 예속되지 않는다. 깨달음의 세계에선 언제나 깨달은 그 순간이 처음인 것이다. 깨닫는 순간이 곧 태초다. 왜냐하면 깨달음은 곧 새 하늘이고 새 땅이기 때문이다. 새 하늘과 새 땅을 주기 때문이다. 같은 하늘과 같은 땅이 같은 하늘과 같은 땅으로 보이지 않기 때문이다.

혜공惠空은 신라 진평왕 대에서 선덕여왕 대의 선승으로 "대안 대안!" 하고 소리를 지르고 다녔다 해서 대안大安이라 불리기도 했고, 삼태기를 항상 메고 다닌다고 해서 부개화상부개란 경상도 방언으로 짚으로 짠 삼태기를 말한다 즉 '삼태기 스님'이라고 불리기도 했다.

신라 10대 성인의 한 사람인 그는 천진공이라는 귀족의 집에 예속된 여종의 아들로 태어났으며, 아명은 우적이었다. 이 같은 출신 때문인지 그의 이름은《삼국유사》에 전설처럼 남아 있을 뿐 자세한 행적은 기록되어 있지 않다. 하지만 민담으로 전해져오고 있는 설화에 따르면 그는 민중과 함께 먹고 자면서 평생 그들의 친근한 벗으로 남아 있었다고 한다. 그리고 앞서 소개한 원효元曉와의 유명한 이야기를 남겼다.

고기 때문에 원효와 싸웠다는 그곳은 포항의 동남쪽 기슭이다. 그곳엔 지금 오어사라는 절이 있다. 오어사吳魚寺란 말 그대로 '내 고기 절'이란 뜻이다. 이 오어사는 원래 항사사恒沙寺였다가 혜공과 원효의 이 사건이 있은 이후로 현재와 같이 개칭되었다고 한다.

사실 오어사에 얽힌 전설은 앞에 소개한 내용과 다소 다르다. 고기를 잡아먹은 원효와 혜공이 동시에 고기를 한 마리씩 누었다고 한다. 그래서 그 두 마리 고기 중 한 마리는 아래로 내려가고, 또 한 마리는 물살을 타고 위로 거슬러 올라갔는데, 혜공과 원효는 둘 다 위로 올라간 고기가 자기 것이라고 하면서 싸웠다는 것이다.

어쨌든 지금 오어사 앞쪽에는 여전히 개천이 하나 흐르고 있다. 그리고 그곳에서 두 스님이 고기를 잡아 구워먹었을 것이다. 살아 있는 고기를 봤다는 전설이 사실인지 아닌지는 알 수 없지만.

범일

범일梵日은 신라 말기의 선승으로 신라 구산선문九山禪門 중 사굴산파 奢堀山派를 개창했으며, 품일品日이라고도 불렸다.

그는 810년 명주 도독을 지낸 김술원의 아들로 태어나 15세에 출가하였고, 22세에 왕자 김의종과 함께 당나라에 유학하였다. 당에 들어간 범일은 마조 계통의 제안齊安을 만나 그에게서 '평상의 마음이 곧 도'라는 가르침을 받고 깨쳤으며, 6년간 그의 문하에 머물다가 다시 약산藥山에게로 가서 그의 인정을 받고 38세 때 귀국하였다.

귀국 후 그는 백달산에 머물다가 명주 도독의 청으로 사굴산 굴산사堀山寺로 옮겨 40여 년 동안 제자들을 양성하였다. 당시 경문왕, 헌강왕, 정강왕 등이 차례로 그를 국사로 받들려고 하였으나 그는 결코 굴산사를 떠나지 않았다 한다.

그는 수행의 본분을 이렇게 말하고 있다.

'부처의 뒤도 따르지 말고, 다른 사람의 깨달음도 따르지 말라. 앞뒤 사람을 돌아볼 것도 없이 오직 자기에 대한 자각을 수행의 본분으로 삼아야 할 것이다.'

지눌知訥은 고려 중기의 선승이자 선종의 중흥조로 흔히 '보조普照국사'라고 불린다. 그는 1158년 황해도 서흥에서 국학의 학정을 지낸 정광우와 개흥 출신의 어머니 조씨 사이에서 출생했으며, 속성은 정씨이고 자호는 목우자牧牛子이다.

그는 8세 때 구산선문 중 사굴산파에 속하였던 종휘에 의해 출가하였으며, 25세 때인 1182년 승과에 급제하였다. 그리고 보제사의 담선법회에 참석하였고, 그곳에 모인 승려들과 함께 정혜결사定慧結社를 맺음으로써 본격적인 활동에 들어갔다.

그는 수행을 위해 나주의 청량사에 들어가게 되었는데, 그곳에서 혜능의 《육조단경》을 접하고 비로소 깨침을 얻었다. 그로 하여금 깨침을 준 《육조단경》의 구절은 '진리는 자기의 본성과 같으며, 그것은 항상 자유롭다'는 부분이었다.

깨침을 얻은 지눌은 육조 혜능을 존경하여 스승으로 섬겼고, 심지어는 송광산의 길상사吉祥寺를 중창할 때 산 이름을 육조가 머물던 '조계'를 따서 조계산이라고 바꾸기까지 하였다.

지눌이 깨침을 얻은 그때 고려 불교는 선·교 양종으로 분리되어 끝없는 싸움이 지속되고 있었는데, 그는 이른바 '정혜쌍수결사문定慧雙修結社文'을 통해 본격적으로 선·교 양종 통합운동을 전개하였다. 그리고 마침내 '선종과 교종이 원래는 하나'라는 사상을 통해 독창적인 동방불교의 기틀을 마련하는 데 성공했다.

그리고 만년에는 수선사송광사에 머물면서 10년 동안 선풍을 드날리며 제자들을 양성하다가 1210년 53세를 일기로 세상을 떴다.

그의 선·교 일치사상의 핵심은 한마디로 '선과 교를 따로 나누어 보지 말라'는 것이었다.

나옹

나옹懶翁은 고려 말의 선사로 원래 법명은 혜근惠勤이며, 공민왕의 왕사이자 무학의 스승이었다.

그는 1321년에 태어났으며, 속성은 아포씨이고 속명은 원혜元惠이다. 21세 때 절친한 친구의 죽음을 보고 인생의 무상함을 느끼고 공덕산 묘적암의 요연了然에 의해 출가하였다. 그 후 1347년 원나라로 건너가 연경 법원사에 머물렀으며, 그곳에서 인도 출신 승려 지공의 지도를 받으며 4년을 보냈다. 이때 고려에서 유학 온 무학을 만나 사제 관계를 맺었다.

그리고 휴휴암, 자선사 등에서 정진하다가 한동안 원나라에서 금란가사를 하사받는 등 선풍을 드날렸으며 원 순제의 만류를 무릅쓰고 1358년에 귀국하였다. 귀국 후 나옹은 국사가 되어 기울어가는 고려 불교를 다시 일으켜 세우기 위해 숱한 노력을 하였지만 그 뜻을 이루지 못하고 1376년 신륵사에서 57세를 일기로 세상을 떴다.

무학無學은 스님으로선 유일하게 조선 건국에 참여하여 조선의 도성을 한양으로 옮기는 데 결정적인 역할을 했던 인물이다. 또한 뛰어난 예지로 이성계를 지도한 덕분으로 개국 후 왕사가 되기도 했다. 이 때문에 그는 도참사상에 빠져 고작 풍수나 봐주는 얼치기 승려로 인식되기 십상이다. 하지만 그의 삶에 대해 조금만 관심을 기울여보면 그가 철저한 선승이었음을 알 수 있다.

그는 고려 말인 1327년에 하층민 집안에서 태어났으며, 속성은 박씨다. 18세에 수선사송광사로 출가하여 혜감국사의 수제자인 소지 문하에 있었으며, 청년 시절 원에 유학하여 인도 출신 승려 지공에게서 깨달음을 얻었다. 그리고 이때에 뒤에 자신의 스승이 된 나옹을 만나기도 하였다.

고려로 귀국한 뒤 그는 나옹의 전법제자가 되었지만, 보수적인 나옹 문하생들의 배척을 받아 나옹 곁을 떠나 안변의 토굴에서 생활하였다. 그러던 중 자신을 찾아온 이성계와 함께 조선 건국을 도모했으며, 이 일이 성사되자 조선의 국사가 되었다. 이후 조선의 도성 건립에도 참여했으나, 정도전 등의 성리학자들에 의해 권력이 장악되었음을 인식하고 왕사직에서 물러나 수행에만 몰두하다가 1405년 79세를 일기로 세상을 떴다.

우리의 삶
자체가
참선이다

경허·만공·혜월
경봉·성철

콧구멍 없는 소

아홉 살의 어린 나이로 절에 맡겨진 아이가 있었다. 아이는 절에 산다는 이유로 자연스럽게 머리를 깎았고, 또 장삼을 걸치고 있어야 했다.

세월이 흘렀다. 그 아이는 어느덧 스물셋의 청년으로 성장했고, 명석한 머리 덕분으로 동학사 강원에서 강사를 하고 있었다. 하지만 그의 머리를 깎아주고 그에게 승복을 입혔던 스승은 오히려 절을 박차고 나가 속가에서 살림을 차렸다.

그 후 7년이 지난 어느 날, 서른을 넘긴 그 승려는 문득 환속한 스승이 보고 싶어 길을 떠났다. 그리고 도상에서 폭우를 만나 어느 집 처마 밑에서 비를 피하고 있었다. 그는 몸을 떨며 처마 밑에 서 있다가 불현듯 두려움에 몸을 떨기 시작했다. 알고 보니 그가 찾아든 마을엔 전염병이 돌고 있었고, 동네 사람들 태반이 송장이 되어 비를 맞으며 실려 나가고 있었던 것이다.

밤새도록 전염병의 공포에 시달리다 아침을 맞이했다. 참으로 기나긴 밤이었다. 그 긴 시간 동안 그는 줄곧 삶과 죽음에 대해서만 생각했다. 그리고 수백 번도 넘게 같은 질문을 반복했다.

'인간은 어디서 와서 어디로 가는가?'

이 같은 의문을 풀기 위해 그는 속가로 떠난 스승을 찾아보리라는 계획을 취소하고 다시 절간으로 돌아왔다. 절간에 돌아오자마자 그는 그동안 자기에게 불경 수업을 받던 학생들을 모두 내보냈다. 남을 가르칠 처지가 아니라고 생각했던 것이다.

그는 오랜 묵언수행에 돌입했다. 의문에 대한 명확한 답을 얻기 전에는 절대 음식을 입에 대지 않겠다는 결심을 하고 문을 걸어 잠갔다.

시간이 흘러갔다. 며칠이나 지났는지 알 수 없었다. 그러다가 한순간 그는 누군가가 밖에서 떠드는 소리를 들었다.

"이보게, 게으른 사람은 죽어서 소가 된다지?"

"이 사람아, 걱정 말게. 나는 소가 되더라도 콧구멍 없는 소가 될걸세."

콧구멍 없는 소!

그는 갑자기 벌떡 몸을 일으켰다. 그러고는 큰 소리로 외쳐대기 시작했다.

"그래, 그거야. 하늘이 열렸어! 하늘이 열렸다고!"

그는 그렇게 소리치며 밖으로 뛰쳐나왔다. 그리고 미친 듯이 춤을 추며 끝없이 외쳤다.

나는 콧구멍 없는 소다!

나는 콧구멍 없는 소다!

❖

경허鏡虛가 깨달음을 얻는 장면이다.

콧구멍 없는 소!

이 한마디에 경허는 새 하늘과 새 땅을 열었다. 도대체 이 말이 무슨 뜻이기에?

콧구멍 없는 소.

그것은 다른 말로 '고삐에 얽매이지 않는 소'다. 즉, 아무것에도 얽매이지 않는 자유인.

그렇다. 그것은 바로 영원한 자유인을 의미한다. 깨달은 자, 그는 아무것에도 얽매이지 않는 영원한 자유인인 것이다.

경전으로 도배를 하다

겨울이었다. 북풍이 몰아치기 시작했다. 산중에 초가를 짓고 그곳에서 겨울을 지내고 있던 경허는 추위에 오들오들 떨고 있다가 불현듯 옆에 있는 경전을 찢기 시작했다. 그리고 그것으로 구멍 난 문도 바르고 벽에 도배도 하였다. 그 광경을 지켜보던 제자들이 황당한 얼굴로 물었다.

"스님, 어떻게 경전을 찢어 도배를 하십니까?"

경허가 태연한 얼굴로 대답했다.

"부처가 얼어 죽으면 경전이 무슨 소용인감?"

"……?"

✦

　경허의 눈엔 경전이 단순히 종이에 붓글씨를 써놓은 일반적인 책들과 다를 바가 없었다. 그 자신이 이미 경전이었기 때문이다.

　깨달은 자, 그가 곧 부처이자 경전이 아니던가.

　옛 부처들이 써놓은 경전은 참고는 될지언정 자기 깨달음은 아니다. 따라서 그것을 모방해서도 안 되고, 그것을 추종해서도 안 된다. 더군다나 그것을 신앙해서는 더욱 안 된다. 그것은 곧 자기를 죽이는 행위이기 때문이다.

　모든 것으로부터의 자유. 그것이 바로 깨침이다.

　'부처가 얼어 죽으면 경전이 무슨 소용인가?'

경허의 직설적인 가르침이다. 경전보다 부처가 먼저라는 것이다. 모든 대중의 마음이 곧 부처이니 대중이 먼저라는 것이다. 그 대중 속에 깨달음이 있다는 뜻이다.

단청불사

경허와 그의 제자 만공滿空이 길을 떠났다. 그들은 이미 빈털터리였다. 몇 푼 준비했던 노잣돈은 벌써 술값으로 탕진하고 없었다. 하지만 경허는 주막을 그냥 지나치지는 않았다. 주막이 나타나자 갑자기 목이 컬컬해오고 허기도 더 거세게 밀려오는 듯했기 때문이다.

경허는 주막에 들어서자 방 하나를 차지하고 기세 좋게 술을 시켰다. 그리고 만공에게 말했다.

"종이와 붓을 꺼내라."

만공은 스승이 시키는 대로 종이와 붓을 꺼내고 먹을 갈았다. 그러자 경허는 종이 위에 이렇게 썼다. '단청불사 권선문丹靑佛事勸善文'

그리고 그 밑에다가 몇 자 적었다. 절에 단청을 해야 하는데 적선을 좀 해달라는 그럴싸한 내용이었다.

"만공아, 가서 동네 한 바퀴 돌고 오너라."

스승이 이렇게 말하자 만공이 그 글귀를 앞세우고 시주를 받기 위해 주막을 빠져나갔다. 그리고 한 시간쯤 후에 돌아왔다. 만공이 돌아왔을 때 경허는 혼자서 술을 마시고 있었다. 원래부터 술을 좋아하던 경허였기에 놀랄 일도 아니었다.

"추운데 고생했구나. 어서 와서 한잔 하거라."

경허는 만공에게 술을 따라주었다. 그들은 그렇게 주거니 받거니 하면서 주전자 몇 개를 비웠다. 그리고 술이 이마빡까지 달아오르자 두 사람은 일어났다. 주막을 빠져나와 동구 밖에 이르렀을 때 만공이 따지는 투로 말했다.

"스님, 단청불사에 쓸 돈을 그렇게 주막에서 다 날리면 어떻게 합니까?"

그 말에 경허는 키득거리며 되물었다.

"지금 내 얼굴이 어떤가?"

만공이 대답했다.

"붉으락푸르락합니다."

경허가 다시 말했다.

"이보다 잘된 단청이 또 어디에 있단 말인고?"

경허의 말에 만공이 맞장구를 쳤다.

"예. 단청불사 치고는 최고 걸작입니다."

두 사람은 어깨동무를 하고 다시 길을 가기 시작했다.

아직도 쌀이 무거우냐?

만공이 경허를 따라 탁발에 나섰다. 운이 좋아 그날은 제법 묵직한 쌀자루를 지고 돌아오는 중이었다. 하지만 자루를 둘러멘 만공의 마음은 즐겁지만은 않았다. 시간이 지날수록 어깨가 천근만근으로 늘어져 갈수록 거북이걸음이었다. 해는 벌써 서산으로 지고 있었지만, 절간까지는 아직 한참을 더 가야 했다. 그렇게 걷다간 필시 한밤에나 절간에 이를 성싶었다.

힘에 부쳐 금세라도 넘어질 듯한 제자를 힐긋힐긋 쳐다보던 경허가 어느 마을에 들어서자, 느닷없이 물동이를 이고 가던 아낙을 껴안고 입술을 맞춰버렸다. 아낙이 기겁을 하며 비명을 질러대자, 사람들이 우르르 몰려왔다. 경허가 냅다 줄행랑을 쳤고, 만공도 죽을힘을 다해 뛰었다. 그들 뒤로는 동네 청년들이 몽둥이를 둘러메고 쫓아오고 있었다. 잡혔다간 필시 멍석말이를 당할 판이었다.

다행히 가까스로 청년들을 따돌리고 절간이 멀지 않은 산등성이에 이르자, 만공이 숨을 몰아쉬며 따지고 들었다.

"스님, 어떻게 그런 짓을 할 수 있습니까?"

경허는 대답은 않고 빙긋이 웃으면서 되물었다.

"아직도 쌀이 무거우냐?"

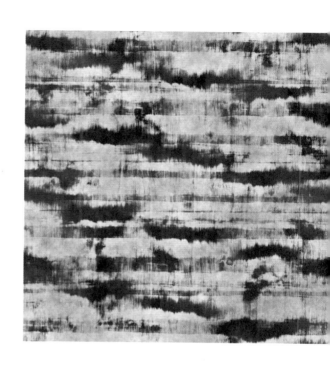

❖

경허는 기회만 있으면 늘 이런 식으로 만공을 가르쳤다.

아직도 너의 어깨에 둘러멘 쌀이 무거우냐?

아직도 너는 번뇌의 무게에 짓눌려 있느냐?

그 물음에 만공은 그저 이렇게 대답했다.

"죽어라고 뛰느라 무거운 줄도 몰랐습니다."

만공은 경허의 물음을 알아듣지 못했던 것이다. 경허는 쓴웃음을 지으며 길을 재촉했다.

"가자, 갈 길이 멀다."

여기 토시와 부채가 있다

경허에게서 깨달음을 얻지 못한 만공은 토굴을 찾아 화두를 잡고 정진했다. 그리고 1년이 지난 어느 날 경허가 그의 토굴을 찾아와 물었다.

"여기 토시와 부채가 있다. 토시를 부채라고 해야 옳으냐, 부채를 토시라고 해야 옳으냐?"

"토시를 부채라 하여도 옳고, 부채를 토시라 해도 옳습니다."

이름을 무엇이라 부르든 무슨 상관이냐. 모든 것은 마음에 달린 것이다. 뭐, 그런 말이었다. 그러나 그것은 한낱 앵무새 놀음에 지나지 않았다. 그것은 옛 부처들이 남기고 간 찌꺼기에 지나지 않았다. 그런 탓인지 경허는 어두운 얼굴로 고개를 가로저었다.

경허가 제시한 토시와 부채는 그저 허상에 불과했다. 또한 그것은 옳고 그름의 문제도 아니었다. 하지만 만공은 그 허상의 그물에 걸리고 말았다. 그 말의 지뢰를 밟고 말았다.

깨달음은 곧 자유요, 그 자유는 무엇에도 매어 있지 않아야 한다. 하지만 만공은 옛 부처들의 화두에 붙들려 있었다.

너도 없고, 나도 없으면, 누가 보느냐?

경허가 떠난 뒤 만공은 다시 정진에 몰두했으나, 결코 벽을 넘지 못했다. 그래서 결국 경허를 다시 찾았다. 경허 옆에 있으면서 그는 비로소 깨달음에 이르렀다. 그 깨달음을 시험하기 위해 한 승려가 물었다.

"스님, 불법이 어느 곳에 있습니까?"

"네 앞에 있느니라."

"소승 앞에 있는데, 어찌 소승은 보지 못합니까?"

"네 속엔 또 하나의 네가 있기 때문이다."

"스님께서는 보셨습니까?"

"너만 있어도 안 보이는데, 나까지 있으니 더욱 볼 수 없다."

"그렇다면 스님도 없고, 나도 없으면 볼 수 있겠습니까?"

"나도 없고, 너도 없으면, 어떤 놈이 본단 말이냐?"

내게 부처가 있으니, 내가 없다면 부처는 어디에 머물 것인가? 그러나 내가 나를 가로막은 것으로 인하여 부처를 볼 수 없으니, 나를 가로막은 나는 어떻게 할 것인가?

스스로 부처인 것을 모르고 부처를 보기를 원하는 자는 부처를 보지 못한다. 부처를 보기만 원하고 부처가 되려고 하지 않는 자역시 부처를 보지 못한다. 남의 부처는 여전히 남의 부처일 뿐이다. 만공은 이렇게 가르치고 있다.

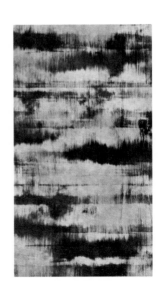

그놈의 부처는 다리병신인가?

혜월慧月에게 젊은 학승이 하나 찾아왔다. 혜월이 그에게 넌지시 물었다.

"자네, 여기 어찌 왔는고?"

"참선하러 왔습니다."

"참선은 왜?"

"부처 되려고요."

"참선은 앉아서 하는가, 서서 하는가?"

"앉아서 합니다."

"그놈의 부처는 다리병신인가?"

❖

흔히 참선을 수행의 왕도로 생각한다. 또 참선하면 의당 가부좌 틀고 앉아서 묵상 정진하는 것으로 알고 있다. 혜월을 찾아온 남자도 마찬가지였다. 그러나 혜월은 그런 어리석음에 일침을 가한다.

그놈의 부처는 다리병신인가?

어리석은 남자는 그래도 말귀를 알아듣지 못하고 대꾸한다.

"앉아서 하는 참선이 좌선 아닙니까?"

참선은 따로 있는 것이 아니다. 삶 자체가 참선이다. 깨달음은 앉고 서는 것이 없다. 깨달음엔 법이 없다. 깨달음에 법이 있다면 그것은 법에 갇힌 깨달음이다. 무엇엔가 갇혀 있는 것은 진정한 깨달음이 아니다. 자유롭지 않는 깨달음은 깨달음이 아닌 것이다. 그것은 모두 앉은뱅이 부처일 뿐이다.

큰스님

혜월이 어디서 어린아이 한 명을 데려왔다. 그는 아이의 머리를 깎긴 후 '큰스님'이라 부르며 부처님 모시듯 했다. 어딜 출타할 때면 "큰스님, 다녀오겠습니다" 하고 떠났고, 끼니때마다 밥상을 차려 안겼다. 그러니 동자승은 혜월을 자기 머슴쯤으로 생각하고 말도 함부로 하고, 버릇도 없었다. 하지만 혜월은 그 천연스러움을 만끽하고 있었다.

그러던 어느 날 절간에 객승이 하나 찾아들어 묵었다. 객승은 동자승이 혜월에게 버릇없이 구는 것이 못마땅했다. 더구나 자기에게도 말을 함부로 하고, 종놈 부리듯 했다. 그래서 동자승을 볼 때마다 몹시 화가 났지만, 혜월 때문에 아무 말도 하지 못했다. 그러다 하루는 혜월이 절간을 비우자, 객승은 기다렸다는 듯 동자승을 불러 앉혔다.

"네놈이 어른 대하는 꼴을 보니, 싹수가 노랗다. 오늘 내 네놈의 버릇장머리를 고쳐놓겠다."

객승의 느닷없는 호통에 동자승은 당황하여 어쩔 줄 몰랐다. 그러자 객승은 다시 무섭게 다그쳤다.

"이놈이 그래도 말귀를 못 알아듣는구나. 어서 꿇어앉지 못해? 네가 의당 사람 종자면 어른에 대한 예의는 있어야 할 것이 아니더냐. 옷을 벗겨 절 밖으로 쫓아내야 버릇을 고치겠느냐?"

객승의 위협에 질린 동승은 두려움에 떨며 무릎을 꿇고 용서를 빌었다. 객승은 그때서야 다소 노기를 누그러뜨리고 예의에 대해 일장 연설을 하였다.

얼마 뒤 혜월이 돌아왔다. 그러자 동승이 쫓아와 고개를 조아리며 인사를 하였다.

"큰스님, 다녀오셨습니까?"

그러자 혜월은 노기 어린 얼굴로 객승을 불렀다. 객승은 묻지도 않았는데 공치사라도 되는 양 늘어놓았다.

"저 아이가 하도 버릇이 없어 오늘 예법을 좀 가르쳤습니다."

혜월은 한동안 객승을 무서운 눈으로 노려보다가 말했다.

"저 아이 자네가 데리고 가게."

❖

혜월은 아이의 천진함을 부처로 알고 모셨다. 그것은 혜월의 기쁨이요, 수행이었다. 객승이 그 뜻을 헤아리지 못하고 부처를 앗아 간 것이다.

바람이 어디서 왔느냐?

경봉鏡峰이 마루 끝에 앉아 신을 벗고 있는데, 만공이 신도를 시켜 장난을 쳤다.

"저 스님이 경봉이다. 자네가 벗어놓은 모자로 머리를 덮어씌우고 '풍종하처래'라고 물어보게."

풍종하처래風從何處來, 즉 바람이 어디서 왔는가, 하는 물음이다. 만공이 경봉의 경지를 시험하고 있는 것이다.

신도는 멋도 모르고 만공이 시키는 대로 경봉의 머리에 모자를 씌우며 말했다.

"풍종하처래?"

그러자 경봉이 그 모자를 벗어 신도에게 물었다.

"풍종하처래?"

신도가 아무 대답도 못하자, 이번에는 만공의 상좌에게 모자를 씌우며 물었다.

"풍종하처래?"

상좌가 대답을 못하자, 만공에게 씌우며 물었다.

"풍종하처래?"

만공이 웃으며 말했다.

"스님이 말해보소."

경봉은 만공의 팔목을 잡아 엄지손가락으로 꾹 눌렀다.

❖

바람이 어디서 왔느냐?

만공이 그렇게 묻자, 경봉은 이렇게 대답했다.

바람이 어디서 왔든, 중요한 것은 바로 너다.

이 풀의 이름을 지어주시오

통도사 학인들이 금강산에 유람을 간다고 하자, 경봉이 그중 한 명을 불러 말했다.

"너, 내 심부름 하나 해라."

그렇게 말하고 경봉은 잡초 한 줄기를 뜯어주며 부탁했다.

"이 풀을 만공 스님께 드리고, 이름을 지어달라고 해라."

학인들이 금강산 마하연선원에 이르렀을 때, 만공은 머리를 깎고 있었다. 학인 하나가 만공에게 풀을 내놓으며 말했다.

"경봉 스님께서 이 풀의 이름을 지어달라고 하셨습니다."

만공은 말없이 풀을 받아 머리카락이 담긴 대야 물에 적셨다. 학인이 돌아와 그렇게 전하자, 경봉이 그를 다그쳤다.

"그래, 그것이 답이라 하더냐?"

"물어보지 못했습니다."

"이런 멍청한 놈!"

경봉이 학인의 머리를 쥐어박았다.

❖

경봉은 당대 최고의 선지식이라 불리던 만공으로부터 자신의 깨달음을 인가받기 위해 여러 차례 시도했다. 하지만 그때마다 만공은 뚜렷한 대답을 하지 않았다. 그래서 또 한 차례 인가를 요구했던 것이다.

이 풀의 이름을 지어주시오.

그 요구에 만공은 말없이 풀을 물에 적셨다. 자신의 머리카락이 떠다니는 바로 그 물에 경봉이 보낸 풀을 함께 적시는 것으로 그를 인정한 것이다. 하지만 경봉은 보다 확실한 대답을 듣고 싶었다. 학인을 쥐어박은 것은 바로 그 안타까운 심정을 내보인 것이다.

경봉은 오래전에 오도의 경지에 이른 뒤, 당대의 선지식인 만공, 한암, 용성 등에게 오도송을 보냈다. 그러자 대부분은 깨달음을 인정하고, 축하하는 답장을 보내왔다. 하지만 유독 만공만은 아무런 답변이 없었다.

만공을 만나자, 경봉이 따지듯이 물었다.

"제 오도송과 서찰은 받으셨습니까?"

만공은 고개를 끄덕였다.

"그런데 왜 답장을 안 주십니까?"

"그 막중한 일을 어찌 서신으로 하겠나?"

"그렇다면 지금 말씀해주십시오."

"깨달은 경지나 잘 살피게나."

만공의 그 말이 채 끝을 맺기도 전에 경봉은 만공의 팔을 잡고 엄지손가락으로 지그시 눌렀다. 모든 것은 자기로부터 비롯된다는 말이었다. 만공은 그저 싱긋 웃기만 했다.

그 일이 있은 뒤로 경봉은 만공을 만날 기회만 생기면 어김없이 선문답을 건넸다. 하지만 늘 만족스런 대화를 하지 못했다.

1941년 3월, 경봉은 만공과 선문답을 나눈 뒤 기차를 타고 내려가며 서릿발 같은 편지를 부친다.

　

이번에 보니, 칼을 잡고 상대하는 것이 그야말로 백전노장의 전술 활용이었습니다. 능소능대하게 남의 물건을 훔치는 마음으로 사람에게 칼을 휘둘러 일반 백성들의 발가락이 거의 저 적장의 작은 칼에 상하게 되었으니, 찬양과 칭송을 금치 못하옵니다.

비록 마음속에 독을 감추고 있지만, 지혜와 재주가 남보다 뛰어났으니, 몇 번이나 사람들을 위해 이와 같이 베풀었습니까?

온갖 만물을 맹렬한 불 속에 던져넣으면 그 모양과 성질이 모두 타버립니다. 그러나 금만은 불 속에서 더욱 정교해질 뿐입니다.

　

만공의 선적 깊이가 대단함을 인정하지만, 한편으론 만공의 내면에 자리한 독기를 꼬집고 있는 글이다. 그 독기는 바로 자신을 끝없이 시험하고자 하는 마음이다. 하지만 만공의 무서운 공격이 오히려 자신의 깨달음을 더욱 강하고 정교하게 만들었다고 말한다. 그러면서 이렇게 일침을 가한다.

만고의 푸른 못에 비친 허공의 달을
여러 차례 건져보고서야 겨우 알겠습니까?
밝은 대낮에 사람을 속이지 마소서 악!

인정하기에 앞서 수도 없이 시험하는 만공의 행동을 무섭게 질타하고 있다. 달을 보았으면 그냥 달을 받아들이면 될 것을, 누차에 걸쳐 물에 비친 달그림자를 확인하고서야 비로소 하늘에 달이 떴음을 인정하려 드는 것이냐는, 매서운 비판이다.

만공이 경봉의 선적 깊이를 쉽사리 인정하려 들지 않는 것을 질타하고 있는 것이다. 깨달음은 깨달음 그 자체로 이미 확연한 것을, 시험하려는 마음이 앞서서 깨달음의 실체를 제대로 보지 못하고 있다는 충고다.

그러나 이렇듯 비감한 심정으로 따지고 있지만, 경봉은 만공의 참뜻을 모르지 않았으리라.

화두는 성성하십니까?

성철이 노승 만공을 찾아가 이렇게 물었다.

"스님은 정녕 확철대오確徹大惡하셨습니까?"

"모두 세 번 했다."

"화두는 성성惺惺하십니까?"

"성성하다."

"얼마나 성성하십니까?"

"배추밭에 풀을 뽑으면서 화두를 생각하면 풀 대신에 배추를 뽑게 되고, 그런 실수 안 하려고 조심하면 화두가 달아나네."

성철은 이 대답을 듣고 적이 실망했다. 성철은 원래 분명하고 확실한 것을 좋아했다. 그런데 만공의 말이 어째 말장난 같았던 것이다.

만공은 평상심을 잃지 않는 것이 곧 화두를 성성하게 하는 것이라는 점을 일깨웠으나, 성철은 알아듣지 못했다. 그때만 해도 깨달

음을 학문의 범주 속에 묶어두었던 탓일까?

성철은 타고난 학승이었다. 그는 배움을 통해 깨닫고, 정진으로 그것을 지킨다고 보았다. 그는 스스로 규범을 만들고, 스스로 울타리를 치고, 그 규범과 울타리를 잣대 삼아 수행했다. 심지어 10년 동안 앉아서 잠을 자고, 자신의 암자에 철조망을 치고 타인의 출입을 막으며 정진했다. 그것은 자신에 대한 철저한 구속이요, 절제로만 보일 것이다. 그 속에선 자유도 무애도 찾을 수 없을 것만 같다. 그러나 그 구속과 절제는 자유를 향해 열려 있었다. 구속은 그저 일시적인 수단일 뿐, 그는 아무 거리낌도 없는 무애의 길을 가기 위해 스스로 구속을 택했던 것이다.

주먹질

젊은 승려 하나가 눈이 펑펑 쏟아지는 가운데 합장을 하고 섰

다. 성철의 방문 앞에서. 몇 시간 동안 신경도 쓰지 않던 성철이 냅
다 뛰어나가 그의 가슴을 사정없이 때렸다. 그는 뒤로 벌렁 나자빠
졌다.

'깨달음은 남에게서 구하는 것이 아니다, 이 멍청한 놈아!'

성철의 주먹엔 그런 메아리가 있었다.

산은 산이요, 물은 물이로다

1981년 성철이 조계종 종정에 취임했는데, 당시 조계종은 대단
한 혼란을 겪고 있었다. 승려들이 패를 나눠 서로 권력 다툼을 벌
였고, 심지어 살인 사건이 벌어지기도 했다. 그래서 그 제자들이
종정인 그에게 뭔가 특별한 조치라도 내려줄 것을 기대했으나, 그
는 단지 다음과 같은 취임 법어 하나만 달랑 내놓았다.

큰 깨달음은 널리 비치니

고요함과 없어짐이 둘 아니로다

보이는 만물은 관음이요

들리는 소리는 묘음이로다

보고 듣는 것밖에 진리가 따로 없으니

아아, 사회대중은 알겠는가?

산은 산이요

물은 물이로다

　이 법어의 마지막 구절, '산은 산이요, 물은 물이로다'는 중국의
선사 운문의 글에서 따온 것이다. 세상이 아무리 급변해도 만물의
본질은 변하지 않는다는 뜻이다. 그러니 드러난 현상만 보지 말고
그 본질을 보라고.

경허鏡虛는 조선 말기 사람으로 조선 500년 동안 잠자던 한국 불교를 다시 일으킨 근세기 최고의 선승이었다.

그는 1849년 전주에서 아버지 송두식과 어머니 박씨 사이에서 태어났으며, 속명은 동욱東旭이다. 아홉 살 때 아버지가 죽자 절에 맡겨져 출가했으며, 원래 법명은 성우性牛이고, 법호가 경허이다.

절에 맡겨진 그는 청계사에서 계허 스님의 지도를 받았으며, 14세 때 동학사로 거처를 옮겼다. 그리고 23세의 젊은 나이로 동학사 강사가 되었다가 7년 뒤에 어느 마을에서 전염병으로 죽어가는 사람들을 보고 비로소 삶과 죽음을 화두로 정진하다가 한 나그네의 '콧구멍 없는 소'라는 소리에 깨쳤다.

그 후 산속에 초가를 짓고 잠시 그곳에서 제자들과 함께 생활했으며, 나중에는 전국을 누비며 떠돌아다녔다. 그가 가는 곳에는 항상 선도량이 세워졌으며, 기행과 관련된 많은 일화들이 생겨났다. 그리고 제자가 양성됐다. 그렇게 해서 자라난 제자들 가운데 특히 만공滿空, 혜월慧月, 수월水月 등은 그의 선풍을 잇는 대표적인 인물들이다.

그는 이처럼 뛰어난 제자들을 남기고 1912년 홀연히 세상을 떴다. 그의 나이 64세였다.

만공

만공滿空은 근대 한국 선종의 골격을 다듬은 인물이다. 1871년 전북 태인읍에서 송신통의 아들로 태어났으며, 아명은 바우이고, 속명은 도암 道岩이다. 경허의 제자가 되어 월면月面이라는 법명을 얻었다. 만공은 그의 법호다.

그는 14세에 출가하여 10여 년을 경허 곁에 머물며 배웠고, 31살 되던 1901년에 대오하여 깨달음에 이르고, 이후 선불교과 한국 불교의 독자성을 지키는 데 큰 역할을 하며 많은 제자들을 양성했다.

그리고 1946년 10월. 그는 불현듯 시자를 불러 말했다.

"목욕물 떠 오너라."

목욕을 하고 옷을 갈아입은 그는 거울을 쳐다보며 자기에게 말했다.

"자네와 인연이 다 됐나 보이. 이만 헤어지세나."

그는 큰 소리로 웃다가 75년 된 육체만 덩그마니 남겨놓고 훌쩍 떠났다.

혜월

혜월慧月도 경허의 제자다. 1874년에 충남 예산에서 태어났으며, 11세의 어린 나이에 덕숭산 정혜사에 출가했다. 24살 때 경허를 만나 문하에 들어갔으며, 어린아이 같은 무구한 삶을 추구하였다.

1939년 어느 날, 제자 운봉을 불러 말했다.

"이제, 가야겠다."

그날로 그는 단식에 들어갔다. 며칠 뒤 낡고 닳은 육신을 벗어놓고 자기 땅으로 돌아갔다.

경봉

경봉鏡峰은 1892년에 경남 밀양에서 태어났다. 1907년에 양산 통도사에 출가하여 성해聖海에게서 정석靖錫이라는 법명을 받았다. 이후 만해 등에게 배우고, 당대의 선지식 만공, 용성 등과 교류하며 깨달음의 깊이를 쌓았다.

1982년 7월 17일 임종을 앞두자, 상좌가 물었다.

"스님 가신 뒤에도 뵙고 싶습니다. 무엇이 스님의 참모습입니까?"

그는 살포시 미소를 머금고 주위를 둘러보며 말했다.

"야밤 삼경에 대문 빗장을 만져보라."

그의 나이 91세였다.

성철

성철性徹은 1912년 경남 산청에서 부농의 아들로 태어났으며, 속명은 영주다. 1936년에 해인사로 출가하여 이듬해에 동산東山에게서 법명을 받았다.

청담, 향곡 등과 허물없이 지내던 그는 흔히 가야산 호랑이로 통했다. 해인사 백련암에 머물며 정진하였고, 해인총림의 방장을 지내며 많은 제자를 길러냈는데, 그의 수행법이 워낙 엄하여 매질도 서슴지 않는 터라 붙여진 별호다.

그는 앉아서 잠을 자며 수행한다는 10년 장좌불와와 자신을 찾아오는 사람이면 누구를 막론하고 3천 배를 시키는 것으로 유명했다. 물론 이것은 그 특유의 수행법이었다.

1993년 11월 해인사 퇴설당. 상좌들이 둘러앉은 가운데 82세의 노구를 지고 그는 마지막 말을 남겼다.

"이제 가야 되나 보다. 참선 잘하거라."

그의 열반송은 이랬다.

일생동안 남녀의 무리를 속여서

하늘을 넘치는 죄업은 수미산을 지나친다

산 채로 무간지옥에 떨어져서 그 한이 만 갈래나 되는지라

둥근 수레바퀴 붉음을 내뱉어서 푸른 산에 걸렸도다

깨침의 순간

영원한 찰나, 75분의 1초

초판 1쇄 인쇄 2017년 9월 15일
초판 1쇄 발행 2017년 9월 22일

지은이 박영규

펴낸이 정중모
펴낸곳 도서출판 열림원
주소 경기도 파주시 회동길 152
출판등록 1980년 5월 19일(제406-2000-000204호)
페이스북 /yolimwon
인스타그램 @yolimwon

전화 031-955-0700
팩스 031-955-0661~2
홈페이지 www.yolimwon.com
전자우편 editor@yolimwon.com
트위터 @yolimwon

기획 편집 심소영 유성원
제작 관리 박지희 김은성 윤준수 조아라

홍보 마케팅 김경훈 김정호 박치우 김계향
디자인 최정윤

ISBN 979-11-88047-18-5 03810

이 책 본문에 쓰인 그림들은 모두 적법한 절차에 따라 shutterstock과 계약을 맺은 것들입니다.

만든 이들 _ 기획 함명춘 편집 이양훈 디자인 최정윤